黄河岸上的父亲

邵丽 著

百花文艺出版社
天津出版传媒集团

图书在版编目（CIP）数据

黄河岸上的父亲 / 邵丽著. -- 天津：百花文艺出版社, 2021.1
（百花中篇小说丛书）
ISBN 978-7-5306-8058-2

Ⅰ. ①黄… Ⅱ. ①邵… Ⅲ. ①中篇小说–中国–当代
Ⅳ. ①I247.5

中国版本图书馆 CIP 数据核字(2020)第 255709 号

黄河岸上的父亲
HUANGHE ANSHANG DE FUQIN
邵丽　著

出 版 人：薛印胜　**选题策划：**汪惠仁
编辑统筹：徐福伟　**责任编辑：**齐红霞
装帧设计：任　彦
出版发行：百花文艺出版社
地址：天津市和平区西康路 35 号　**邮编：**300051
电话传真：+86-22-23332651（发行部）
+86-22-23332656（总编室）
+86-22-23332478（邮购部）
网址：http://www.baihuawenyi.com
印刷：山东临沂新华印刷物流集团有限责任公司
开本：700×980 毫米　1/32
字数：66 千字
印张：6.25
版次：2021 年 1 月第 1 版
印次：2021 年 1 月第 1 次印刷
定价：32.00元

如有印装质量问题，请与山东临沂新华印刷物流集团有限责任公司联系调换
地址：山东省临沂市高新技术产业开发区新华路 1 号
电话：(0539)2925659　邮编：276017

邵丽 / 作者

当代女作家，作品发表于《人民文学》《当代》《十月》《收获》等刊物，多次被《小说月报》《小说选刊》《新华文摘》等刊物选载，部分作品译介到国外。曾获鲁迅文学奖、百花文学奖、《人民文学》年度中篇小说奖、《小说选刊》双年奖等奖项。现为河南省作家协会主席。

一

如果不是为了给父亲寻找墓地，我觉得在很长的时间内我也不会再回郑州。如果不回郑州的话，我们家庭发生的那段历史，我是没有时间也没有心情讲出来的。但是话又说回来，试图忘掉历史的人，恰恰都是有故事的人。

至于为什么要寻找墓地安葬我的父亲，说起来真让人难以启齿。他死去几十年了，骨灰却一直在殡仪馆的架子上放着，积满尘土。而那些尘土，大部分却是别人骨灰的扬尘。我常常觉得上帝是位最好的小说家，他曾写出世界上最短也最精彩的小说："你必汗流满面才得糊口，直到你归了土，因为你是从土而出的。你本是尘土，仍要归于尘土。"归根结底，这也是我们要安葬父亲的动因，他一直没有被埋到土里。对于一个死去的人来说，没有埋到土里就等于没死完、没死透、没死彻底，只是一个野鬼游魂罢了。

我到深圳已经二十多年了，后来我又把母亲和妹妹接来深圳，她们也在这里十多年了，而我父亲的骨灰还留在郑州。每到清明或者春节，我和妹妹便依着老家的习俗，买点黄表纸，到楼下西侧的十字路口烧一烧，算是对往生者和活着的人都有个交代。火燃起来，明明灭灭地映红我们姐妹俩的脸。时间过滤了悲伤，更何况我们本来就不十分悲伤。我们有时还会一边烧纸一边说起别的事情，有时候还会笑起来。行道树上的火焰花偶尔有一两朵跌下来，轻微的一声响，像是一声轻轻的叹息。花开得正盛，在夜晚的灯光下更是红得决绝。深圳的花从冬天一直开到夏天，我们总是分不清木棉树、凤凰花和火焰木的区别，都是一路的红。但这火焰花开在树上像是正在燃烧的火焰，白天一路看过去，一簇簇火苗此起彼伏，甚是壮观。

火焰花下，适合我们搞这个仪式，也红火，也清爽。母亲从不参与，但也从不干涉，她对此没有态度。

最近几年过春节，深圳都是这种阴不阴晴不晴温暾的天气，好像对过年有着深刻的成见，非要闹情绪似的，让人一天到晚心里堵得像是塞满东西的屋子。我百无聊赖，睡得晚，起得也晚。那天早上起来下到一楼，看见母亲和妹妹还坐在客厅里有一搭没一搭地说话。昨天是阴历二十四。二十四，扫房子。打扫屋子时拿下来的全家福照片被母亲拿在手中擦拭。从侧面看起来，她像一架根雕。她很瘦，干而硬，又爱穿黑衣服。两只树根一样的手拿着相框，让人有一种硌得慌的感觉。她就是这样，以自己的形象、语言和作为，始终与世界拉开距离，至少是以这姿态与我拉开距离。

我没理她们，把面包片从冰箱里拿出来放进吐司炉里，然后拿了一只马克杯去接咖啡，自己随便弄点东西胡乱吃吃。每天早上我起得晚,而我母亲和妹妹总是六点多起床,七点多就吃完早饭了。她们俩还保留着河南的生活习惯,早睡早起。岂止是把河南的生活习惯带到了深圳,我看她们是把郑州带到了深圳,蒸馒头、喝胡辣汤、吃水煎包、擀面条、熬稀饭,而且顿顿离不了醋和大蒜。搬到深圳这些年了,除了在小区附近转转,连深圳的著名景点都还没看完。对于我母亲来说,什么著名的景点都赶不上流经家门口的那条河。不过那可不是什么小河,母亲总是操着一口地道的郑州话对人家说:“黄河,知道不?俺们家在黄河边,俺们是吃黄河水长大的。”

“这过完年啊,”母亲看着那张照片,嘴张张合合,往照片上喷着哈气。我看她夸张的样子,很想笑,对自己的亲生女儿,没有必要这般表演吧?的确,就这两年她像换了个人,会说起父亲。过去许多年里,她是从来不提我父亲的,我们当着她的面也从不说起父亲的任何事情。在我们家里,好像父亲这个人是从来不曾存在过似的,“你得回郑州一趟,人家一直打电话,说殡仪馆又要搬迁了。还得给你爸再挪个地方。”

“回郑州?”我端着咖啡,挨着妹妹坐在她斜对面,“你呢?”

“我们不回!”

我问的是她,她回答的是我们。我母亲这些年就是如此,她敢于替我妹妹的一切做主。而且,现在只要说让她回郑州,她好像遭受多大惊吓似的。

“那好吧!本来我也想回去一趟,把我那套老房子处理了算了,趁着现在郑州的房价正高。”

“别。你先问一下你弟弟,看他要不要。”她跟我说话从来就不容分说,“再一个说了,我老了也得有个挺尸的地方吧?”

“好。”我嘴上答应着,心里却暗自好笑。我弟弟又不在郑州,也很少回郑州住,他在郑州买个房子干什么呢？我的眼睛像透视镜一样，对她那点小心思门儿清。她是想让我把那房子留下来，却又不肯说，她在我面前是需要维持尊严的。我并不缺那一两百万元，我是故意说卖房子的事给她听。既然她不开口讲出来，我就没必要让她过于遂心如意。

“还有，”她停下手里的活儿，用右手食指重重地敲打着桌面，严肃地看着我和妹妹，“你们姐弟几个商量商量，让你爸这样挪过来挪过去终究也不是个办法。不行的话，在黄河北邙山给他买块墓地安葬了算了。人不就是这回事儿？不入土就不算安葬。你爸死几十年了没安葬，他不闹腾才怪！入土为安。”

我妹妹好像才突然睡醒似的，从手机上抬起头，看看她，又看看我。估计刚才我们说的什么她都没怎么听，但只管伸个懒腰站起来说：“好！我没意见。”

对母亲的话，我却一下子没有意识过来，端着咖啡杯子的手在唇边呆住了。自从我爸死后，几十年来她第一次这样郑重其事地主动说起安葬他的事儿。不知道为什么，我的心突然有点发紧，手心里汗津津的，说不清楚是疼痛、伤心还是恼怒。

“我打电话问过了，一块差不多的墓地二十多万元，你们看看怎么办吧！”

我一边抿着咖啡，一边拿眼睛盯着她。我知道她这话是说给我听的，这钱弄到最后还是得我出。于是我想了一下说：“妈，普通墓地二十多万元，只能用二十年；好点的墓地五十多万元，宽展，而且可以终身使用。你不是不想让我爸挪来挪去吗？再者说，还有你，百年后我爸身边可给你留个位置？”

我这样说的时候，眼睛一直没从她脸上挪开。她先是像被蝎子蜇了一样立起来，想说什么，又似乎感觉我不怀好意，叹了口气重重地坐下来说：“百年之后是以后的事，我死了，自己又不当家。你们把我埋在那个……他身边，可不是我自己要求去的！”

她差点脱口说出“饿死鬼”三个字，过去她老是这样称呼我死去的父亲。

“那就这么定了？”

“好吧。那就买好的，五十多万元的！”母亲说。

“妈，要不这样，”我笑着对她说，“要是二十多万元呢，我自己拿了就算了。这五十多万元，你看我们姐弟五个，一人拿十万元，剩下的钱，包括安葬的各种开销全都由我包了。这样大家都尽点孝心，你觉得怎么样？”

她看看我，又看看我妹妹，好像没听懂似的，一脸迷茫的神情。

“不过我大姐、二姐还有弟弟，你得先一个一个给他们打电话说一下。我这次回去好跟他们商量这事儿。”

她终于弄明白我的意思了，估计心里有点恼怒，把镜框来来回回翻了几遍，然后面朝下，咣当一声扣在桌子上，说：“好吧！”

那是我们家唯一的一张全家福，我弟弟周岁那年照的，弟弟还被母亲抱在怀里。那个相框里父亲的照片，也是他留在世上唯一的一张。他表情别扭得好像走错了门似的，目光迟疑地看着镜头，一只眼大，一只眼小。

深圳这座城市的崛起，说到底也就几十年的工夫。可她平地起高楼，活生生长成一副王者之相，现代化的高楼大厦，大块的绿地，原生的和移植过来的古树，虎踞龙盘。生机勃勃的现世存在，会让人忽略她的历史。

我刚来深圳时，是一名工地上的建设者。那时我刚初中毕业，是个瘦骨伶仃的毛丫头。唯有的，是眼里的那份倔强。我离家闯世界时的弱小，母亲可能早就忘了。可我怎么能忘得了呢？

灶王爷赏饭，从承包公司的餐厅开始，我慢慢起家，是这座新兴的城市成就了我。她包容、接纳、充满机遇，她给了我这样的打拼者一个广阔的生长空间。有时我关了灯躺在黑夜的床上，隔了窗去看外面灯火璀璨的一座城。偶尔一两声隐约的汽笛的回响，有恍若隔世之感。一切都是安稳的、踏实的、充满秩序的。我的屋子，纯天然的木质地板。我的床，我身边睡着了的丈夫。我以为我已经彻底忘了自己是他乡之人，忘了自己的过去。就像身处的这座城市一样，忘了她的历史。

刚开始做餐饮的时候，我的餐馆有几个拿手菜名声在附近传开了，生意还不错。后来我将粤菜、豫菜和其他一些地方菜融合，尽可能满足全国各地各种人的口味。名气渐大，不仅扩大餐馆，开了分店，又与人合开了一家快餐公司。

我有做菜的天赋。我们姐弟几个后来都开饭店，估计跟我父亲有很大关系。对此，我母亲是不甘心的，至少表面上死不认账。要说几个孩子也都挣钱，但开饭店挣的钱让母亲非常不屑。虽然她未必听说过"君子远庖厨"的圣人之言，但靠吃都能活一辈子,养活一家人,到底是个啥世道呢?这是母亲心里的疼痛。她羡慕我们的老邻居周四常,孩子各个有出息,不是县长就是局长,逢年过节家里跟赶集似的不断人,还都拎着大包小包的。我们家可好,不管谁回来都是浑身油渍麻花的,头发里都有一股子哈喇子味儿。

有时候我想戗她几句,想想又忍了。她抱怨的时候,从来不觉得自己住在深圳的高端小区,而且这些都是靠开饭店换来的。我,也就是她的亲生女儿,如今是多么耀眼!我是深圳几家最大的餐饮集团公司的老板之一。

我真的天生就是该吃这碗饭的,来深圳做餐饮业不几年,生意很快就做得风生水起,在周围的佛山、珠海、东莞都开了分公司。我做生意实在,舍得下本,而且保证食材新鲜地道。宁可利润少一点,薄利多销,也绝对保证质量。我的盒饭业务几乎包揽了半座城的学校、医院和工厂。

那时深圳的房子还不贵，我买了一套花园洋房，三层，楼顶还带个大花园。那年妹妹离婚后来深圳住几天想散散心，看到我过得这样舒适，非要闹着到深圳来跟着我，说是要换个环境。我说："咱妈又离不开你，你过来她怎么办？"

小妹说："那肯定把咱妈也接过来啊，你房子这么大，空着多不好！房子圈不住人气儿可不行。刚好你公司也缺人手，用自己人不比用外人强？"

我权衡了一番，与我老公商量，可否让我母亲和妹妹来深圳与我们同住？我老公是个热情对待所有亲戚朋友的家伙，他哪会有不同意的可能。与其说是商量，只是想给老公打一下预防针，"你要有所准备，我妈可不是一般的妈。"我说完定睛看他，想让他明白跟我母亲共同生活的艰难。我老公不说什么，只是轻松地笑笑。从那张单纯得一目了然的脸上，我知道一切对他都不能构成什么问题。

就这么简单，我妹妹辞了职，开始当然是瞒着我母亲。她们就此搬到了我这里。千里迢迢，背井离乡，我们俩都不曾想到，母亲这回竟然这样顺当。她们一住就是十多年，母亲虽然嘴上抱怨各种不如意，却从来不提回郑州的事儿。

眨眼之间就过完了年，年后这一段时间是餐饮业的淡季。我把公司的工作给合作伙伴和妹妹——她在我公司做财务总监——安排妥当，就从深圳回了郑州。

在高铁快进入河南地界的时候，我不禁想起当初让她们来深圳的情景。开始妹妹跟母亲说这事儿，母亲像被烫了一下，差点跳起来。她说："那地方又热又潮，有的人还不讲卫生，老鼠、长虫都吃，太恶心了！"

妹妹说："家里有空调，热了你不用出门。况且也没人逼咱吃老鼠、长虫不是？你想吃啥咱们自己弄。"

"反正我是不去！"母亲说。

我妹妹威胁她说："你要是不去，就自己留在郑州好了，我去！"

我妹是幺妹，只有她和我弟弟敢跟母亲当面顶嘴。

母亲看着她，长长地叹了口气，犹豫了半天才说道："现在的你姐，可不是小时候的她。她要是发起脾气来，还不把咱们俩给吃了？"

妹妹吃惊地问她："你乱说！我姐还会发脾气？你这是听谁说的？"

"不用听谁说！"母亲说。

妹妹说："妈，你别老是挑剔我姐了。你有我姐这样的闺女，真是你的福气。看看你吃的用的，有谁对你这么好？"

"她有你对我一成好，也算我没白养活她！"母亲恨恨地说。

妹妹打电话笑着跟我讲起这个，我也在电话里把它当成笑话来听。我嘴上笑着，心里却有无限的酸楚。

我那些年是怎么过来的？

我做什么工作，我住什么房子，我结婚嫁了一个什么样的男人，谁关心过？特别是我母亲。我总是设想，哪怕哪一天家中接到我死在外面的消息，她肯定会一如既往地活。我在她心中的分量，并不比我父亲更重一点。

不过，我母亲能主动跟我妹妹说起我的脾气，我真有点吃惊。不是她以死相威胁，反复叮嘱我那件事情在任何时候、给任何人都不要说出去的吗？事情已经过去很久了，不管是我还是我母亲，都应该守口如瓶才是。所以这一辈子，这事儿绝对不会从我嘴里说出去。即使她说了，我也绝不会承认。

我故作轻松地说："我的脾气怎么了？别说我没脾气，即使有脾气，也绝对不敢在她面前发啊！"

"那是，谁都会，就你不会！"妹妹说。

说到最后，妹妹的声音却有点哽咽了。妹妹说：

“三姐，我知道你的委屈。咱们姐弟几个，你对咱妈最好，对咱们家贡献也最大。”

我说：“胡说什么呢？哪里有什么委屈！而且早就过去了。”

很多东西，的确已经过去了，甚至从来就没人记得，比如我受到的冷落和伤害。

也或许一切都没过去，但我们谁都不愿意去触碰，那太危险了。

比如我父亲的死。

正月初十那天，我正在郑州丹尼斯进口超市买东西——去大姐家得给小孩们买点吃的。走到收款台拿出手机刷钱的时候，我看到有妹妹的几个未接电话，还有她给我发的微信，说母亲突然晕倒送医院了，是被急救车接走的。我顷刻之间急出一头汗，超市里太闹腾，我顾不得结账，放下东西就匆忙往外走。我想到春节前刚刚给她体检过，除了胆固醇有点高，其他各项指标都正常。医生还开玩笑，说再活二十年都没问题。怎么会出这种状况呢？她的身体按说不应该有大问题呀！除了这个，我还吃惊自己会如此紧张，心里默念了几声“菩萨保佑”。

走到超市外面给妹妹打了电话。在电话里，妹妹的声音显得很轻松，依然像往日那样没心没肺的口气。她说：“姐，你不用急着回来了。医生已经全面检查过了，没大问题，说是一过性的黑蒙，主要是脑部供血不足引起的。”

我松了一口气，说：“你快吓死我了，也不发信息说一下。不过这距她上次犯病快二十年了，那次是二〇〇〇年的阴历七月二十六。”

“咦？”妹妹吃惊地说道，“我真服你了姐，对妈最孝顺的真是你，连她生病的日子你都记那么清楚！”

之所以记得这个日子，是因为孝顺吗？也许是，也许不是。说是，事到临头我还是这么恐惧，怕她有个闪失;说不是,毕竟那是我自己的日子。

我打了一个哆嗦,被自己的心思吓了一跳。

因为,这个日子我死都记得,它与我母亲当时犯病的时间只是重合而已。但我发誓,我们家没人记得,包括我母亲也不会记得。

每年的这个日子,我都当成自己的生日来过。

二

我跑了一个多小时也没找到殡仪馆。新开的道路横七竖八，连导航都常常弄错。周围布满了盖好的和正在盖的高楼大厦。世界在破坏中得以重建，但的确福祸相倚，看是对活着的还是死去的人而言。死者为大，宜静不宜动。

每座城市都有自己的生长逻辑，但也习惯于模式克隆。有时候从郑东新区走过，我觉得自己好像并没有离开深圳，从建筑到周围的绿化，看不出来有什么差别。

绕了半天找不到方向，我只好停车向路边的一位老人问路。老人摘掉头上的草帽，一张黢黑苍老的脸，我竟然认出他是过去我们村的，但是叫什么名字已经记不得了。我下了车，向他问好。他狐疑地看了我半天。我说出我父亲的名字。他看着我，擦了好几下眼睛，好像要哭的样子。估计他是沙眼，当地人叫风流眼，遇风流泪。他说他不愿意搬离这个村子，但是房子都拆完了，他就在工地上给人家帮忙，干点力所能及的零活儿。他虽然没我母亲年龄大，但也很老了，应该像我母亲一样，住在某个孩子家里享清福。

他朝右前方的一个地方指了指说，咱们村里死了的都在那儿挺着。“挺着”就是躺着的意思。我的父亲也在那个几乎看不到的地方挺着吗？我仔细看才看到一片灰砖建筑，它被灰头土脸地夹在几条道路中间，只是因为有一个在顶端抹了白漆的烟囱，才能让人勉强认出它来。这个建了不到十年的建筑，又面临着拆迁，它将成为饥不择食的城市胃口里的一粒齑粉。

我们那儿过去是郑州郊区比较偏远的村庄，不过村子靠近黄河，与我们紧邻的圃田，曾经出过一个叫列子的名人。这里在公元前四百多年之前就被称作郑国，不管郑国长得啥样，早已面目皆非了。不消说黄河水频繁泛滥，造了被毁，毁了再造。就是改革开放后，我们原来居住的村庄也早已经被那个巨大的城市之胃吞没了，舔得干干净净，没有留下任何痕迹。不过圃田竟然还有遗存，列子当年隐居修炼的那间屋子还在，据说已经申报了非物质文化遗产。列子在当地的传说颇多，除了是什么思想家、哲学家、文学家、教育家，还是养生专家，非常会吃。连庄子都夸他会轻功，能“御风而行”。这个传说跟当地人的会吃不知道有没有关系，据说国宴师傅很多都是来自这个地方。

如今，高速公路从此穿行而过，那些在这片土地上种植、恋爱、争吵和繁衍的人不知所终。现在这里已经规划成一个市内森林公园，城区还在不断地扩充。他们模仿别的城市，将一些不知从哪里弄的古树移植过来，在这里生长得从容而傲慢，好像它们几百年前就住在这里似的。倒是我这个土生土长的当地人，举目萧然，无所凭依。

跟老人告别的时候，他问："你妈还在不？"

我说："还在。身体还好着呢！"

"嗯。"他把草帽戴上，低头摆弄着手里的扫帚，"你姐可是发大财了。你们姐弟几个都发财了。唉！"他目光犹疑了一下又说："那又能咋样呢？你爸死了恁多年了。你妈倒是享福了。你爸死的时候，还是我们几个人跑了几十里从河下沿抬回来的。"

估计他并没闹清楚我是我父母的哪个孩子。

"我爸的尸体那时候是怎么被发现的呢？"我抓住仅有的一点机会，想跟他聊几句我爸。可他不再搭理我，只顾低头扫他的地去了，顷刻间我们之间沙尘横飞。

在城市的驱赶下，父亲的骨灰也搬迁了好几次。现在没地方去，只好暂时寄存在殡仪馆的骨灰堂里，跟无数素不相识的人挤挤挨挨、相依为命。这已经是他的第三个栖息之地了。父亲命苦，生前没有过几天安生日子，死后也颠沛流离，不得安宁。更可悲的是，写着他名字的骨灰盒里，装的也许根本就不是他的骨灰，甚至也不是某一个人的骨灰，而是很多人的骨灰。这事儿细想起来真的很恐怖，幸亏我父亲性格好，没有什么仇人——在第二次搬家的时候，运骨灰的卡车在道路上发生了侧翻，所有的骨灰都撒了出来。当时殡仪馆严密封锁消息，很多年后我们才从别人口中得知。但大家都像我们一样，把它视为无稽之谈，更没人去殡仪馆闹事，都宁愿相信自己亲人的骨灰没有问题。

何止如此呢？父亲的死，到现在还是一个未解之谜。不过也说不定，也许根本没有什么谜。但是，在他死的前几天到底发生了什么？没有人告诉我们，母亲更是守口如瓶。虽然当时甚至其后很长时间，村里还有人在背后指指点点，说是我母亲逼死了父亲。但毕竟只是胡乱猜测，拿不到台面上。况且他堂堂七尺男儿，怎么可能会被一个比他矮一头的女人逼死?也太说不过去了。我只记得之前几天,母亲曾经跟父亲在食品公司闹过一场,但那绝不至于让父亲轻生。况且那件事情过去之后,母亲回家并没有再跟父亲继续闹腾,甚至提都没再提这件事,父母两个的生活也没有任何反常。

我父母一共生了我们姐弟五个,前面我们三个姊妹像下饺子似的来到人世间。从我记事起,我就知道我们家是母亲当家,满屋满院都是母亲。父亲像是一个影子,悄没声儿地回来,悄没声儿地走。母亲每天忙忙碌碌,忙完地里忙家里。可是父亲像个没事人一样,不是谁家有个红白喜事去帮人家做菜,吃一顿饱饭心满意足地回来,就是跟着一群人去打兔子、钓鱼,好像他是这个家里的过客。

等添了我弟弟和最小的妹妹,家里日子更不好过了,经常是吃了上顿找下顿。父亲虽然不干什么活儿,但饭量很大,估计很多时候都吃不饱。有时候他站起来去盛第二碗饭,母亲就会看着自己的饭碗，恶狠狠地小声骂道："贪吃鬼！"母亲生气时的脸很黑，骂人的时候更黑，又穿一身蓝黑衣服，像一团沾满墨汁的废纸堆在那里。有时候她骂完，把碗咣当一声搁在桌子上，两只手扳着自己的一条腿，斜欠着身子坐在那里生气。她不光生父亲的气，也生自己的气，生一堆儿女的气。我母亲这一辈子，大部分时间似乎都在生气。她觉得这个世界上的一切，都跟她的想法格格不入。

我虽然小，也明白母亲骂的这句话是什么意思。每当她这样骂父亲的时候，我们吃完各自碗里的东西，也不敢再去盛饭了。这倒成了一件体面事，母亲老是拿这事在外面夸自家的孩子懂事，说："我们家要是饭做少了，根本吃不完，孩子们那个懂事啊，你让我，我让你，谁都不肯吃；做多了反而不够吃，孩子们抢着吃。"

在家里母亲倒是很少当着我们的面数叨父亲，有时候他们吵架也是回到自己屋子里，关着门吵。

只是有一次中午，除了干菜和一点玉米面，母亲实在找不到更多做饭的东西。而父亲却从人家的宴席上吃得油汪汪地回来。母亲气得把水瓢都摔碎了，当着我们的面口不择言地数叨起父亲来，说："只有地痞流氓二流子才光顾着自己那张嘴，一人吃饱全家都不饿了吗？"

我父亲有时也会带一些剩饭剩菜回来，香气诱人。如果不被我母亲看到也就罢了，我们几个狼吞虎咽地吃一顿。若是被我母亲迎面碰到，她就一把夺过来扔在地上骂："连要饭的都不会吃人家的剩嘴头子！"

父亲也不辩解，闷声不响地回到屋子里，坐在凳子上抽耳朵上夹回来的那支烟，他不会抽烟，总被那明明灭灭的火和一团烟气弄得挤眉弄眼的。要么就面无表情地看着地下，很像在煞有介事地思考人生重大问题。

我们趁母亲转身的工夫，狼一样地抢食地上的食物。这更加让母亲恼羞成怒，她过去用脚踩，把馒头踢飞，然后逮着谁，迎头就是一巴掌。大的哭小的跳，场面甚是壮观，很像武打片里的一场群殴戏。

由此，我母亲更加仇视我父亲，所有的混乱不堪都是他带给这个家的。母亲需要稳定，需要长卑有序的尊严和面子，需要家要有个家的样子。而父亲就是破坏秩序的始作俑者。

上学之后才听村里的老辈人说，我爷爷和我姥爷是世交。爷爷是个远近闻名的老中医，写一手好字，开的药方都被人当字帖用。姥爷家境富裕，是三村五里闻名遐迩的乡绅，也写得一手好书法。两个人到一起，就是写字、下棋、喝酒。据说我爷爷最佩服的人就是我姥爷，说他人仗义，事儿做得公道。要是没有我姥爷主持公道，村子早就乱得没有章法了。

母亲从未说起过他们，父亲也没说过。只是有一次我大姐入团要填表，问起姥爷和爷爷来。正在纳鞋底子的我母亲突然抬起头来，显出一脸的自豪。她说："你姥爷，真没白活！"后来听我二姨说，枪毙我姥爷的时候，正在上中学的母亲就穿着上白下蓝的学生装，站在离她爹很近的地方。枪响之后，血沫子顺着风扑了我母亲满脸满身，她眼睛都没眨一下。

"你爷爷也没白活！他跟你姥爷一样都是体面人。"过了一会儿，她又补充道，"你姥爷拄着拐棍儿往村里一站，那没有不听他说话的。再大的事儿，他只要站那儿三说两说，都摆平了。"

父亲出走的那天夜里，天气非常恶劣，外面电闪雷鸣，风雨交加。我们早早就上了床。半夜里我们突然被他们房间发生的激烈争吵弄醒了，然后就听见有什么东西被打碎和我弟弟惊恐的哭声。我们姊妹四个的房间与父母隔一间堂屋，他们住东屋，我们住西屋，弟弟跟着他们睡。

大约半个小时后,他们房间里安静了下来。除了听见外面的风声雨声，夜晚屋子里静得吓人,仿佛能听见我们几个的心跳。不过没有一个人说话,也没有一个人起来看看。刚开始的时候,被惊醒的小妹吓得想哭。大姐在她脸上狠狠拧了一把,她缩进被窝里再也没敢出声。

第二天早上我们才发现父亲不在。第三天、第四天,天气转晴了,万里无云,世事一派祥和。但我们再也没见到父亲。

母亲依然忙里忙外,操持着一家人的吃喝。我们没有一个人问起过他,好像家里压根儿就没有这个人似的。

第五天早上,我们还在梦里,就被母亲一个一个从被窝里拽起来。她让我们立马穿上衣服,往我们每人头上和腰里勒上一条白布。她冲我们喊:“都出去哭吧,你爹死了！”

二姐听了,坐在床上哭了起来。母亲一把把她拽起来吼道:“哭什么！要哭去后面好好哭！”

她的声音听起来,有好大的怒气。

那时我刚从二姨家回到这个家不久,心里根本不知道害怕。我们跟着母亲,来到屋后的院子里,看到院子中间的席子上躺着一个巨大的尸体,被水泡得像一头牛,浑身散发着腐臭的气味,头肿胀得像一只粪筐那么大。这怎么会是我们清秀瘦弱的父亲呢?我犹犹豫豫地站在那里。母亲不由分说便把我按跪下,然后就号啕起来。我们扭头看着母亲,她移开捂在脸上的手巾,拿眼睛狠狠地剜我们,我们只好也学她的样子,跟着号啕起来。

二姐只是默默地流泪。

在我们村子里,我们这个姓氏是一门很小的人家,没人出头管事儿,再加之父亲又是横死,所以也没举办什么葬礼。我们哭了一场,就把父亲草草送到火葬场了。

事后听母亲跟村上的人说:“黄河水那么凶险,

哪一年不淹死一堆人？父亲是趁下大雨到黄河捞鱼，被大水卷走了。”再后来，母亲说起这事儿的时候，总是会在后面加上几句：“摔死的都是会骑马的，淹死的都是会�水的。许是饿死鬼托生的，怎么那么贪吃呢！”

此次之后，再说起父亲，她都喊他“饿死鬼”。

我那时候懵懵懂懂的，听了母亲这话，真是觉得父亲是自己找死。他太贪吃了，下那么大的雨去打什么鱼呢？除了二姐，本来我们几个跟父亲也没多少感情，他死了也就死了，过去了也就过去了。我们甚至还有点庆幸，家里的空气应该不会再那么紧张了吧？

几十年后，母亲给父亲选择了黄河边的邙山墓地。母亲说，你爸活着的时候喜欢去北边的黄河打鱼，就葬在那里。我也觉得那个地方不错，人家的广告语就是“生在苏杭，葬在北邙”。虽然那个北邙说的是洛阳，但是邙山东西狭长，黄河边的邙山的确也属于北邙。

我找了好几个老同学，他们还都在管事儿的位置上，但是价格怎么也压不下来，五十万元已经是最少的了。对于快速发展的城市来说，墓地本来就是稀缺资源，而邙山墓地更是寸土寸金。

母亲想把父亲安置在这里，不知道考虑了多长时间，肯定不是突发奇想，但也不会谋划很久，她是个心里存不住事儿的人——只有父亲的事情除外，那是她的黑匣子，也许父亲根本就没什么事儿。那到底是什么事情促使母亲做出给父亲买墓地这个决定的呢？她是突然想到还是悟到了生命中的某个东西？

那天我给母亲打电话，问她给大姐、二姐和弟弟说了没有。我说虽然我的房子可以卖两百来万元，但一下子也出不了手。这几年生意上连续投资，手上也没闲钱啊。母亲不耐烦地说："打了！都打了！”

其实，开始我就知道让我们姐弟几个每人都拿钱的想法几乎是不可能实现的。我母亲就是想要我主动说出来，所有的费用我一个人出。这话我早憋在喉咙口了，不吐出来，是不想让她觉得太随便，谁的钱也不是大风刮来的，况且各自有一家人，我可以在兄弟姊妹困难时帮他们一把，但每次把责任都推给我，显然令我不快。要是我遇着困难他们帮不帮我，就难说了。

但是出乎意料的是，现在母亲的态度突然转变了，立场似乎很鲜明。她斩钉截铁地给我说："我也想通了，这不是谁拿不拿的事儿，不是谁钱多谁钱少的事儿，而是你们几个，都得对你爸尽尽孝心！"

"你爸好歹也是一辈子，你们现在吃香的喝辣的，都这么好，做儿女的不尽一点孝，良心上过得去吗？"

我天！这是我母亲吗？是从她口里说出来的话

吗？一辈子否定自己丈夫，否定得如此彻底，几乎可以说是一无是处。她这是怎么了？这话从她口中一说出来，我在电话这头差点笑出声。可想想又有点沉重起来，无论如何，不管她是怎样想的，现在她能对我父亲说这样的话、做这样的事儿，至少对我们这些孩子的感情算是一点弥补、一点安慰吧——那感情的缺口虽然随着岁月的流逝曾经模糊过，但只要认真打量，它依然在那里，从来没有消失过。

三

现在郑州老家这里只剩下了大姐一家人。弟弟随弟媳一家搬去了开封，母亲和小妹又跟我去了深圳。原来二姐和二姐夫住在辖区的东南角，他们在那里开了一家小饭店，主要卖卤肉、羊肉汤等地方小吃。二姐的店在附近很有名气，她会做生意，也很会做人。由于她的卤肉卖不完其他小店就没生意，所以她每天卤多少肉是定量的，去得晚了就没了。她这样做，主要是想给同行留足生存空间。后来二姐查出淋巴癌，为了看病方便，他们卖掉饭店和住房，搬到市人民医院附近去了。那儿离火车站也比较近。

大姐住的地方早已经由村庄变成了社区，是村子拆迁之后就地安置的。大姐夫在村里人缘好，大小也是个村干部，所以他们家分了临街的三层楼。

大姐和大姐夫开的也是饭店，店面比二姐的要大得多。当初大姐执意要起个“大饭店”的招牌，大姐夫不同意，说二妹开个小饭店，我们起个大饭店的名字，自己不说什么，人家外人会看笑话。但大姐执意这样做，后来虽然生意做得很红火，但她的口碑还是赶不上二姐。二姐把饭店卖掉搬走跟这有没有关系，也未可知。二姐就是这种性格，酸辣苦甜都搁在自己心里，从来不抱怨什么。

陆续有了孙子辈之后，大姐忙不过来，大姐夫也不想干了，就把一楼二楼的饭店承包给人家。他们一家住在三楼。说实在的，有这么多年的积累，他们的日子过得轻松又殷实。

大姐和大姐夫都是二婚。要说也不算，反正也没办结婚手续就在一起过了。他们的婚姻认真说起来，绕的圈子还真不小。大姐现在嫁的这个人，我可以喊他姐夫，也可以喊他表哥。表哥的母亲是我二姨。二姨是母亲的堂妹。

曾经有那么几年时间，我被二姨抱养过。那时父亲还活着，不知道什么原因，那年夏天我拉痢疾，长达一个多月治不好。家里也确实困难，拿不出更多的钱给我看病，再加上当时农村的医疗条件有限，几片包治百病的小药片，却怎么也治不了我的病。拉了几十天，开始还会跑厕所靠墙根，慢慢裤子都提不上了。医生束手无策，父母更是一筹莫展，到最后也就不再抱着我去医院了。父亲自己也想了很多办法，给我弄来一些草药，一样一样地熬了喝。我喝进去多少吐出来多少，终是没有用处。后来他干脆天天躲出去，不敢面对我，害怕看见我那难受的样子。母亲也不知道听谁说了，狗翻肠子人拉稀，这病没得治，就直接把我扔到灶火后边草灰堆里，随便拉去，反正也不用洗。她后来从不提这事儿。要说也没啥大惊小怪的，乡下小孩子命糙，哪个病了不是拖拖就好了？要是好不了，那也没办法，拖好了是病，拖不好了是命。说白了，其实是等我自生自灭。

这样拖着拖着我真的就气息奄奄了。我不吃饭，也不再说话。我妈便在我们家西屋地上铺了一张席子，把我放在上面，就等着我咽气了。

不知道我二姨怎么听说了这件事儿，那天天还未明，她就拉着二姨夫来到我们家。一看见蜷成一团的我瘦得没了人形，二姨抱着我大哭道："我的儿，你妈这是让你等死啊！"也许她是菩萨派来救我的，我已经两天没睁眼了。她的眼泪滴在我脸上，我奇迹般地睁开了眼睛，眼巴巴地看着她。二姨是个从不会说重话的人，那天和我妈戗戗了半晌儿："就是只猫狗也不能看着它死吧？"我妈说："你说得轻简，这都多少时候了？药也没少吃，钱也花干了。换你伺候她一个多月试试看！她自己不吃不喝，谁有本事救活她？"

二姨闻听此言，抱着我蹲在地上放声大哭。二姨夫把我从二姨怀里接过来，抱着我头也不回地就回了他家。他们没有闺女，只有一个儿子，就是上面提到的我这个表哥。二姨天天没日没夜地把我搂在怀里不松手，熬一锅小米汤放在跟前，喂了吐，吐了再喂，愣是把我从死神手里夺了回来。

我的病奇迹般地慢慢好转了。待能吃点其他东西，我二姨夫就用一垛麦秸换了一只奶羊，一天一大碗鲜羊奶。家里养了两只母鸡，鸡下蛋的时候，二姨就让我蹲在鸡窝旁等着。带着体温的鸡蛋热乎乎地握在我的小手心里，快乐得眩晕。我奔过去交给二姨，全家人都舍不得吃，全都给我攒着。

我二姨不知道从哪儿得了个偏方，说鸡蛋囫囵着隔水干蒸，治痢疾。我吃的时候，表哥就在旁边看着。我让他，他就说不爱吃鸡蛋，可我分明听到他吞咽唾沫的声音。一个秋天过去，我吃胖了也长高了，更重要的是，脸上有了笑颜。可能就是那些有爱的日子，奠定了我此后人生的信念。我每天几乎是贪婪地窝在二姨的怀里，这是我梦想中母亲的暖。而我自己的亲娘，自从我记事起就没有抱过我，还整天说我是块木头。我夜晚做梦都能梦见我母亲用一根指头戳着我的头说:“无情无义，整天木个脸,好像谁都欠她二斗米钱。”

在二姨家的几年，是我过得最幸福的时光,后来我也一直把那里当成自己的家。我还学会了撒娇,晚上躺在二姨的怀里,我娇羞地说:“我会听二姨二姨夫的话,好好念书。等我长大有本事了,买好多好多鸡蛋,给你们吃。”我第一次说出这样矫情的话,不敢看二姨的眼睛,我知道二姨会笑得嘴都合不拢。可是她的眼泪哗哗地淌,把我的头发都弄湿了一大片。

“我苦命的儿！”二姨用指头梳着我的头发,心疼地叹息道。

我把二姨夫抱我回去的那一天当成是我的新生。农历七月二十六。我母亲第一次晕倒也是在那一天。我一直有点奇怪,为什么母亲正赶上那一天生病？莫非冥冥之中真有什么神奇的力量吗？

表哥和我大姐是同班同学，在学校里两个人非常好，谁若有点稀罕的东西，都偷偷带给对方。但当着别人的面，两个人从不说话，一开口就脸红。这事儿被同学看出端倪，开始起哄，喊他俩“两口子”。二人也算是青梅竹马，情投意合。这事不知怎的传到我母亲耳朵里了，她跑到我二姨家大闹了一场。我妈不喜欢二姨的儿子，说他没有汉子气，太懦弱。她连带着把二姨二姨夫数叨得恨不得找个地缝钻进去，她跳着脚说：“你们得管好自家儿子，他再招惹大妞，我闹得让他上不了学！”

二姨小声回嘴道：“骂过来骂过去，那不是你的外甥啊？”

“我不认这个外甥！从小就瘪犊子一样！”母亲瞟了一眼二姨夫道。

其实二姨也不喜欢我大姐，她觉得我大姐太能了，也太自私，大的不睬小的不让，吃屎都得占个尖儿。所以二姨索性借着这个事儿，先托人给我表哥定了一门亲,好歹将这事平息了。

还是我大姐先结的婚。男方家庭条件不错,爹是邮电局的一个小头目,妈在卫生院工作,是有头有脸人家的孩子。我母亲最看好的就是男孩的汉子气,高大威猛,坐像一座钟,走路一阵风。把我母亲高兴得合不拢嘴说:"敢做敢当,一看就带种!"

但结了婚不久,两人就开始打闹。我姐脾气逞强惯了,处处要压人家一头。那个男的也是个火暴脾气。结婚没几天就开始斗,男人索性不进家,在外头整夜玩。不回来就不回来,我姐丝毫也不会示弱。男人从外面打一夜的牌回来,看看锅里没个热乎饭。鞋上一脚泥,直接要进屋睡觉。我姐拦着劈头盖脸地吵道:"邋遢死算了!我刚刚拖完地,你就不会爱惜点?"他闻听此言,穿着鞋跳到婚床上,边蹦边用被子、褥子蹭他的鞋子。"我看你是皮痒欠揍,你算个鸟毛,这还是不是俺家?"我姐气得当下就扔下手里的活儿,回了娘家。

日子还得过，儿子不争气父母遭难，我姐一次次跑，他爸妈一次次带着他去我家把我姐接回去。这还不算什么，过些日子，我姐发现他不只是打牌，还爱赌成性。于是屡屡阻拦他，把他惹急了劈头盖脸就是一顿暴打。我大姐挺着大肚子，青紫着半拉脸哭着回娘家，说："妈，这就是你相中的男子汉，真带种！"我妈说："他爹娘不管吗？"我大姐哭着说："谁敢管他？说轻了，摔盆子打碗；说重了，电视机随手就砸了。"

我母亲不羞不恼地听完说："看这样，儿子赌钱也不是一天半天了，他爹娘不管就是帮凶。有人生没人养的，你咋就恁好欺负？"

我大姐哪是个省油的灯？打不过儿子骂爹娘，打也打了，骂也骂了。开始他父母还管，后来干脆躲开不问了。一家人早已经麻木了。

我妈说："不急。你现在还没有说话的地儿，等你肚子里的孩子落地，你还不想说啥说啥，想咋说咋说?！”

半年后,我大姐果真生了一个大胖儿子。我妈仗势冲到人家家里找事儿，人家一家人慌着讨好，滚烫的鸡蛋茶堆尖捧上一大碗,这是当地最大的礼节。热脸蹭个冷屁股,我母亲推开家里人,当着人家爹妈的面训斥那男的:“你要想当爹,就要有个当爹的样子！不好好过日子还不如早点离了算了,孩子我们带走！”

那男的还没说话，公公婆婆早就慌做一团,恨不得和儿子一起要跪下来磕头求饶。

“我们会管好孩子，他再不学好我就拿砖头拍死他。”那当爹的说。

我妈这一闹,再加上得了个大胖儿子,男的着实老实了一阵子。我妈还挺得意的，教导我姐道：“这管男人啊,得看火候。你看关键时候我一出面,他就老实了吧？”

哪知话还没落地儿，要赌债的来家把门堵了。

他在外面又输了十几万元。堵门的说："不还钱就剁手。"

我母亲得了信，没等我姐回去求救，就央着村里的一群人过去了，把一家人堵到屋里，问他们怎么办。

那男的知道这回祸惹大了，扑通跪在我母亲面前。

"站起来！"我母亲厉声说道，"大老爷们儿能随便跪吗？"

那男的跪着没动。我母亲对我姐说："抱着孩子跟我回家吧！"

那男的从怀里掏出一把刀来，把自己的左手放在地上，用右手举刀把左手小指剁掉了。

一家人鬼哭狼嚎地扑到一起，妈妈捂着儿子的手说："钱我们替他还，我们还。"

到关键时候，爹妈还是心疼自己的儿子，舍不得打舍不得骂了。

我母亲看这情形，心早已经凉到底了。这样纵容着，还能有个好？她看着他血淋淋的手，丝毫不为所动。“离婚。”

那边的母亲哭号着说：“他年轻不懂事，再给他一些时间，他会改的。”

我母亲说：“摊上你们这样护犊子的爹妈，他这赌怕是戒不了了，没救了。”

我母亲这样说，好像她很懂。其实她真的见过，她小时候见她爹料理过赌徒，都是指天发誓，最后个个都家财散尽。赌真是改不了的。

我母亲说完，就带着众人把我大姐和孩子接回了娘家。

对方花那么多钱娶个媳妇，又得了个孙子，末了落个人财两空，毕竟心里过不去。三番五次来求情。男人长得确实排场，事到临头还会办事，今天买新衣服，明天买金戒指，说话求饶像换了个人似的。不知底细的真觉得我母亲不懂事，心也忒狠。我姐有点动心了，她说：“妈……”我母亲挥手截住她说：“这事儿啊，长痛不如短痛。你是不知道利害。话我先撂这儿，你要还跟他过，今后他把你们娘儿俩卖了也别再踩我的门了！”

拉拉扯扯，拖了一年多才把婚给离了。

这边大姐结婚不久，那边我表哥也结了婚。他们办婚礼的时候我去了。女方长得比我大姐好看多了，人也温柔。结婚后两个人过得还不错，生了个女儿，我二姨给带着。那几年时兴到南方打工，男的女的都出去打工。表哥恋家，又担心二姨二姨夫的身体，不愿意到南方去，就在郑州随便找些零活儿做。表嫂跟着人家去了东莞，开始在工厂，后来做保洁，再后来我表哥都闹不清楚她做什么工作了。头几年一年还回来一两趟，给我二姨放下一点钱，大人小孩都买些吃的穿的。后来过年也不回来了。再回来就是要求办离婚，家产一分不要，女儿也不要，只要一张纸带走就行了。

表哥刚离了婚，我姐就带着儿子搬他家去了。大姐的儿子那会儿正是会说囫囵话的时候，忽闪着一双星星一样的大眼睛。见了我二姨二姨夫就喊爷爷奶奶，又忙不迭地去拉妹妹的手。二姨二姨夫又喜又忧，吓得一整夜睡不着觉，怕我母亲去闹。我二姨买了点心果子，要去找我母亲商量，临出门被我大姐拦下了。我大姐说："不去，不用说，越说事儿越稠。"

大姐又说："这回由不得她做主。"

结果我母亲一句话都没说，认了。真是愣的怕横的，横的怕不要命的。

我大姐和我表哥两个人虽然重新组织了家庭，但也没再认真去办结婚手续。法律上说不允许近亲结婚，怕后代有遗传病。但他们还是坚持生了个儿子，很聪明，也很健康。

从那以后我们再见到表哥，都喊"大姐夫"。

我到大姐家的时候还不到十点，坐下唠了一会儿家常。大姐身边放着一堆儿童衣服，好像是刚刚洗过的，她在一件一件地拆衣服领子上的标牌。我也有这个毛病，女儿的新衣服先剪标牌，小孩子皮肤嫩，标牌摩擦怕孩子不舒服。几次我伸手想帮她，都被她拒绝了。后来她对大姐夫说："你带着三妹出去转转，她很久没回来了，看看咱们这里的变化。"大姐夫迟疑一下，说："咱们一起去吧，今天三妹回来，咱们别做饭了，到下面饭店吃算了。"

大姐瞪了他一眼，说："去吧，我做饭！饭店的饭有啥吃头儿，你还没吃够咋的？"

大姐夫没再说话，带着我出了门。只要他身边没有其他人，我依旧喊他"哥"。我说："哥，不用开车，咱就在附近随便走走吧！"他说："好。"然后就自顾低着头，带着我向村子西边的新区走去。路两边种着香樟和银杏，都是很名贵的树种。树坑里看着是嫩绿的草，修剪得非常平整，用脚踩一下，却发现是塑料垫子。一棵棵排列整齐的塑料草苗种在垫子上，做得很逼真。新区刚刚建成，一派新气象，从道路到房屋都是新崭崭的，但是看起来满不是那么回事儿。不过要真挑毛病，又说不上来什么，就像看到那树坑里的塑料草坪一样，光鲜，却形容不出心里是什么滋味儿。说到底，是找不到家的感觉了，这也许就是我，包括我母亲和妹妹不愿意回来的原因吧。

我表哥打小就性子腼腆，不善言辞。我妈一辈子就看不上老实巴交的人。可我了解他，他跟我二姨夫一样，心里特别实诚，就是说不出来。以我大姐的泼辣性子，那会儿怎么会喜欢上他？或者说他们怎么会相互喜欢？这也真是让人想不到。各花对各眼，世上的事儿确实不好说。

我被养在他们家的时候，表哥特别疼我，不用我二姨和二姨夫交代，他处处让着我。你能感觉他发自内心对我的接纳，好像我从来就是他自己家的妹妹。那时因为我瘦小，觉得他好高大。现在他明显变老了，不但头发全白了，眉毛、胡子也星星点点地白着，背也有点驼了。他对着我笑的时候，我突然有种想哭的感觉。想起有一年下大雪，他去学校接我。他嫌我穿得单薄，不由分说就把自己的棉袄脱下来裹在我身上。路上的沟坎被大雪封平了，我不小心踏进一个坑里，半截身子都被埋进去了。他将我捞出来，顺势提起来扛在肩上往家走。大雪漫天，天地间晃动着我们兄妹俩，那情景我一辈子也忘不掉。我踢腾着要下来，怕他累着。他反而跑起来。不知触碰到哪根神经，我咯咯咯笑起来。他不知我为什么笑，却也跟着笑起来，越笑越止不住。他把我放下来，我们俩索性一边打着雪仗，一边大喊大叫大笑着往家跑。我表哥一向讷言，仿佛是被压抑得太久，需要来一次宣泄。毕竟是两个小孩子啊，生活的困窘让我们过早成熟到沉默。我们就那样疯着、笑着、闹着，跑了一路。他笑起来的样子很生动，与平日里闷闷的模样大不一样，像是两个人。他只穿一件单褂子,却大汗蒸腾,头顶上都冒出烟来。那时他多健壮啊!

想着这些,我扭头去看他的脸。他要是笑的时候,模样仍是周正好看。而他却闷着,无端地露出几分悲苦。

我说:“哥,你还好吧?”

“挺好的呀!”他回过头来,又那样看着我笑了笑。

“咱家那闺女现在咋样?”

“去找她妈去了,在那边成了家。偶尔回来一趟,看看奶奶。”

他看看我。

“只要孩子过得好就行。”我也看看他。

可能是天有点冷,他笑了一下,嘴巴略微有点僵硬。

“哥!”我站下来,也希望他站下来,说几句话,或者拉拉他的胳膊。可是他还低着头慢慢往前走。

我心里说不出来的难受，眼睛湿润了。

我们回到家时，大姐已经做好饭了，一个肉丝炒红辣椒、一个木耳海米炒白菜丝。主食是一盘素煎包，底子煎得焦黄。还有一盆紫菜蛋花汤，黑黑黄黄的热汤上，细细地撒着一撮青蒜苗末儿，看颜色就觉得好喝。我们家的人都天生的好厨艺，再怎么简单的饭菜，也能做得像模像样。但说实话，招待远方的客人的确有点寒酸了。

大姐夫看看菜，看看我，又看看大姐。大姐解下围裙扔在椅背上，用手捶着腰说："我们眼下比不得三妹，山珍海味人家顿顿吃。小户人家就这样，从小就在一个锅里捞稀稠，她啥不知道？"

我连忙说："是是是，我现在吃得很少，减肥呢。"

大姐夫拍了一下手说："哎呀忘了！早上我起来专门给三妹买的她爱吃的烧鸡和合记牛肉还在冰箱里呢！"

我心里一热。大姐却有点嗔怒地瞪他一眼说："那你还不赶紧拿出来？"

我也好几年没回来了。大姐虽然也比过去老了，但她吃得胖，看起来满面红光，好像跟大姐夫不是一代人。吃饭的时候，大姐跟我郑重地说起父亲墓地的事儿，她说母亲已经给她打过电话了，让她出十万元。

我故作轻松地说："要说这事儿早就应该办了，老是让咱爸挪来挪去，连个固定的地儿都没有，也不合适。"

"这事儿是不是你的主意？"大姐瞪着我问。她跟母亲一样，从小到大就用这种口气跟我和二姐说话。

大姐夫低头给我夹了两块牛肉，又给我盛了一碗汤。虽然他没抬头，但我知道他在小心地听着。

"不是谁的主意，关键是这事儿应该办了。"我也明显感觉到大姐的话里有情绪，努力显出不在乎的样子,“妈跟我和小妹商量,我们都同意了。”

“反正我是拿不出来这么多钱!”大姐忽然涨红了脸,眼里竟然涌出了泪来。她把筷子拍在桌子上,索性捂着脸哽咽着哭了起来,“我们比不得你,十万元钱跟拔根毫毛一样。老大老二生孩子的生孩子,上学的上学,都是些造粪机器,睁开眼睛就只管要钱,四处都是用钱的地儿。我和你姐夫都不干了,你们觉得我会屙钱啊?”

“大姐。”我看着她,一时不知道说什么好。她用“你们”这个词儿,更让我觉得刺心,好像我们是合着伙儿来勒索她似的。什么时候母亲被划到我们阵营里来了?我和母亲,能是“我们”吗?

“三妹轻易不回来,你不会好好说话啊?”大姐夫想劝她。

“你出去!”她不容分说地尖声向大姐夫吼道,然后用手指了指门口。

我怕大姐夫尴尬,说:“你先出去吧姐夫,没事儿，我跟大姐说说话。”

大姐夫出去了。大姐从座位上站起来，又一屁股坐在沙发上。她忘记了沙发上都是孩子的衣服，又像烧着了似的跳起来，换到另一个沙发上，用手拍着沙发扶手说：“用钱的时候才想起来我是她闺女了？那时候咱弟弟卖房子，卖给人家要十六万元，卖给我，她非撺掇着要十七万元。你想想，我还是她亲闺女吗？”

大姐说的这事儿确实是母亲干的，当时弟弟在开封开饭店正缺钱，准备把这里的老房子卖了，对外要价是十六万元。大姐知道了想要，来跟母亲说，意思是看能否再便宜点。母亲不晓得大姐知道底价，好像还很偏向大姐似的，把价格说到十七万元。大姐气得脸都白了，房子也没买。虽然当时一万元钱不是个小数目，但事情已经过去这么多年了，她还在为这事较着劲。

“还有你！”她忽然用手点着我，对我怒目而视，

“你这样干，有意思吗？你以为我不知道是吧？”

“我？”我一脸无辜地看着她，“我怎么了？”

“你怎么了？你知道为什么从小到大我和妈都不喜欢你吗？你心里藏的东西太深！你明知道这件事儿办不成，至少不是这么办的。我、你二姐还是咱弟弟谁会拿出十万元钱来？可你为什么还非要撺掇母亲给我们都打电话呢？你这就是为了看她的笑话！你就是想证明给她看：都靠不住，最后还得靠你！这个家都得靠你！”

我的头好像受到重重一击，有点眩晕的感觉。她说的也不完全是错的，开始我的确就是想让母亲看看每个孩子的态度。她一辈子说一不二，也该清醒清醒了，该让她为她的自负难受一下。但后来也的确是母亲的态度变了，她说让儿女各自尽孝心，也是事实。我满脸委屈地说：“大姐，这事儿真不是我提议的，是咱妈说让每个儿女都为爸尽点孝心。你别想多了。”

大姐的口气也慢慢缓和了下来，但吐出来的话却更狠："三妹，你用顺从来抵抗她，你用孝顺来折磨她，你以为我们都看不懂是吧？你这样做不嫌累吗？她都多大岁数的人了，你还耍她，不放过她？再说了，" 她冷笑一声，"她现在想要我们对咱爸尽孝心了，当时你们小不知道，可我能不清楚父亲是受了什么样的羞辱才跑去投河的吗？她就是这样指着父亲的头，" 大姐的指头几乎戳到我脸上，"她那天说，你要是有一点囊气，就扎河里死了算了！"

她看着我惊愕的表情，放缓了语气说："当然，她也没想让父亲真的去死，只是图骂着痛快。可父亲却真的死了。父亲死了，死得那样难看，她落了一滴眼泪吗？家里死一只羊都比父亲死了更让她伤心！"

她一口气说了这么多，突然就安静了，似乎也痛快了一下。

我心中波浪滔天，恨不得放声大哭一场。但我脸上依然平静。我说："大姐，我记得父亲出走那天我们几个挤在一张铺上睡觉，你是看见了还是亲耳听到了妈那样骂过爸？”

大姐脸红起来说：“还用亲眼所见吗？全镇子里的人都知道。”

可能大姐夫听见屋子里声音小了，他推门进来了。我把大姐重新拉到餐桌边，把她的筷子捡起来擦了擦递给她，笑着安慰她说：“大姐，这事儿咱们几个还要商量着来。如果你现在真拿不出钱来，我先替你出了。”她不说话，大姐夫也不敢说话。我继续说：“现在我就是这样想的，就是想着把父亲的墓地买了，赶紧结束这件事儿。本来我已经考虑好了，这次回来处理我的房子，反正卖房子的钱我也用不着，就先给咱爸买块墓地，等你们以后宽裕了再说！”

“你们想买你们买，别说替我垫上的事儿！”大姐的火一下子又蹿了上来，“咱爸活半辈子就是个笑话！他还没让咱们家人的脸丢尽？好意思去占几十万元一块的墓地？人死了就是死了，埋啥样他还能知道咋的？况且这能改变他带给咱们家的耻辱吗？”

“大姐！”我的情绪再也控制不住了，站了起来。她怎么可以这样说自己的父亲？过去我是没忘记，但也没记住什么，“咱爸已经死几十年了，他是什么样都不重要了，重要的是他给了我们几个生命。你只记着他带给我们的耻辱？你倒要说说，咱爸到底带给咱们家什么耻辱？”

“那还用说？”她的嘴张了张，却并没说出什么来。

大姐夫连忙把我拉着坐下，用乞求的目光看着我。我心一软，真的有点可怜他，于是就不再说什么了。

大姐一直没再动筷子，我和大姐夫也没动。屋子里的空气像凝固了似的，浓得化不开，让人喘不过气来。又坐了一会儿，我站起来，从行李箱里掏出一堆给新生儿买的礼物，还有红包装着的两万元钱，放在客厅的桌子上。本来还想说点什么，但脑子里一片空白。

我摔上门，直接从楼梯走了下去。快到一楼的时候，大姐夫才气喘吁吁地撵了下来。我莫名其妙地对大姐夫说："哥，过日子不是靠忍的，她要一直难为你，该打就得打。男人不能软弱，软过了头就是窝囊，别像咱爸！"我哭了，大姐夫也流泪了。

四

关于父亲，我只听二姨只言片语地说起过。那时她已经是胃癌晚期了。我负担了全部治疗费用。可她做了胃切除手术后，受不了化疗的折磨，坚决拒绝继续治疗，回到家里养病。

人常常就是这样，你对他非常好的人，他未必会报你的好；而对你有恩的人，你也未必会报答得了人家的恩情。我觉得我对二姨就是这样，除了每年打几个电话，就是回到郑州的时候去看看她。所谓看看她，无非就是给一点钱，拼命让她接受，几乎就是强迫了，为着让自己安心。我曾想接她到深圳跟我住，我母亲坚决反对："她又不是没有儿子，你接她来算什么？再说了，还有你二姨夫，总不见得他也跟着来。"我母亲话说得咄咄逼人。这倒不是阻止我接她来的原因，我主要是害怕她过来，母亲那脾气,会让她整天心不落地。其实我心里很清楚,二姨那样责己的人,她哪就肯真的来呢?

我从来没有专门为二姨回来过,更没有在家陪伴过她。我不能放弃最后陪她的机会了。我丢下手头的工作,专门从深圳赶回来陪她,不管需要多长时间。

她已经消瘦得不成样子了, 但精神还算好,经常断断续续地跟我聊过去的事情,我姥爷,我母亲。“你妈这一辈子,也不容易。”我二姨一辈子都不会说自己的好,更不会说别人的不好。

我给二姨熬小米粥,做手擀面,炖鸡蛋羹,就像我小时候她喂我一样喂她。她吃不了几口,只是神情快乐了一点。她催我回深圳,却拉着我的手一刻不肯松开。她依赖我,就像个小女孩。她没有闺女,我大姐肯定是指望不上。我哥有时回来看看,也只是看看,待不了多长时间,我姐的电话就会追过来。

我二姨夫比我妈小好几岁,却也老得不成样子了。虽然身体没什么大毛病，但也说不上好，不是这疼就是那痒。他费力地照顾老伴儿，老两口儿相依为命。我真担心，我二姨不在了他怎么办呢？想想他那时候一口气抱着我走了十几里路，气都不带喘的。人，没几年好日子，就像二姨说的那样。

傍晚会有一段安静的时光，太阳落下去了，天还很亮。我扶二姨坐到院子里的躺椅上，看着倦鸟归巢，天一点一点地暗下来。“啪”的一声，一片梧桐叶子落下来，像是一头栽倒在地上。有一种锐疼刺进身体的某一处。隔壁邻居家有小孩在哭，是个口齿伶俐的女孩儿，估计也就五六岁的样子。她的哭闹里带着娇嗔，正是拥有全世界的年纪，那般理直气壮。我想到了我的女儿，她也是这样，哭起来无凭无据无法无天，感情竟然可以宣泄得如此畅快，哪是我们可以想象的啊！她们这一代人，生出来就含着金钥匙，享受万般宠爱。不过，总有那么一天她也会像我一样，坐在老人跟前，眼睁睁地看着亲人们一个个离开,却又无能为力。

我握着二姨的手,一个关节一个关节轻轻摩挲,有时候我们不知道怎么的就说起了我父亲。我没有打断她,也没有专门问过父亲的事情。我在她的叙述里慢慢地、小心翼翼地还原我的父亲,真害怕稍微多用一点力,父亲就消失了。但后来我发现,其实我的努力完全是徒劳的。在二姨的嘴里,我的父亲是一个矛盾体。有时候他是那样善良,踩死只蚂蚁都心疼,对人和气,甚至还有些儒雅。有时候他又是那么懒惰、颓废,让人哀其不幸怒其不争。在我母亲眼里,这些都还不是最重要的,母亲最恨的是他贪吃。听不得别人家里来客,他会在人家门前转几遍,生着法子也要去帮厨。那时正逢困难时期,谁家也不想多管一个人的饭。虽然他总能用简单的食材做出蛮像样的饭菜,但他不请自来还是让人家觉得是个笑话。遇到谁家有红白喜事,他就更不把自己当外人,不等请就提着菜刀找上门去。我大姐所说的耻辱，估计就是这个形象的父亲吧。除此之外，我还真不知道父亲曾经给我们家带来过什么耻辱。

其实，每个人都禁不起认真打量，谁都有不堪的时候。只是，父亲遇到母亲，就像油遇到了水，妖怪遇到了孙悟空，她总是让我父亲现形。我有时候会走神，觉得现在的大姐夫，就好似当年的父亲。好端端一个体面男人，愣被大姐弄得一脸困顿。幸亏现在过的是好日子，吃穿用度不用忧心，大姐夫还不至于像父亲那样被羞辱。

“唉，你爸啊，”二姨说起我爸的时候的表情，有时候看起来有些过于认真，反而让我觉得很陌生。她说的每句话也像是经过深思熟虑、字斟句酌的，这更是让我心里疑窦重重，好像她故意在回避着什么。所以她说的时候，我一字不落地听着，总是沉默以对，等她慢慢地表达完，生怕漏掉一个细节，“他算是生错了地儿，一辈子没跟人红过脸，也从来没见他说过别人的不是！”

“村里人都说他是个热心人,待人又得体！”二姨夫补充道。

而有时候她又会说:“你爸确实是狗屎扶不上墙,也指望不上他。你妈一个人拉扯一大家子也真够苦的。如果不是他太那个,你想想你妈会那样对他吗？”

我问二姨关于我父亲留下的食谱的事儿。这事儿过去在镇子远近传得神乎其神,说我爷爷家曾经有一本秘传的食谱,传给了我父亲。我父亲又传给了我二姐。父亲活着的时候私下教过的几个徒弟开的饭店,都说是我父亲秘传的手艺。而且我家姐弟几个都开饭馆,也都有几个拿手菜。

二姨夫说:“怪了,我整天和他在一起,从来没听说过你爸留下过什么食谱,更没听说过他教过任何一个徒弟。”

我记得我曾经就这事儿问过我二姐。我二姐说:“父亲死前确实到学校给她送过一个本子,那本子上也确实写的都是做菜的事儿，是父亲自己写的。但她没有仔细看，父亲死后她珍藏着，有一天却发现本子不翼而飞。”

一直到二姨去世后，她说的父亲“那个”，我才多少明白一点是什么意思。在我拼缀起来有关父母的图景里，父母这桩婚姻，两个当事人都不大愿意，完全是我爷爷强行拉郎配一手造成的。

我父亲出身中医世家，家庭条件优裕，从小到大都是衣来伸手饭来张口，没受过任何委屈。可我父亲除了会念书，其他心思全用在吃上了，常常偷我爷爷的药材炖鸡煮鸭。他卤的猪头肉能香一条街，做年食也样样在行。开始我爷爷看他聪明，对他寄予厚望。后来看他只在意庖厨，非常失望。但他打也打了，骂也骂了，儿子却终是不上进，最后索性由他去了。好在那时候爷爷家丰衣足食，也不在乎父亲糟蹋一点食材和药材。父亲尽着性子痛痛快快当了几年“少爷厨子”。

而我母亲虽然是个女孩子，但从小就被我姥爷送进了学校，成为县中为数不多的女学生。她学校未念到毕业，我姥爷被当作恶霸给镇压了。说起我姥爷，他的故事可以拍一部电影，肯定还得是加长版的。他出身优裕，自幼聪慧过人，过目不忘，完全可以考个好功名。但他志不在此，特别喜欢《东周列国志》里的人物，“义”字当先。他在乡里更爱出头逞强，喜欢当老大，仗着家里有钱，既喜欢仗义疏财，也热衷于抑富济贫。有人对他感激涕零，也有人对他恨之入骨。我姥爷被枪毙那一天，传说跪了一街筒子人，求政府手下留情，都是受过他恩惠的人。

我母亲自小就随她父亲的性子，敢作敢为，倒也是个自立自强的主儿。父亲被镇压，她一点也不觉得羞愧，竟然指挥着愿意帮忙的人给爹爹办理了丧事，像送别一个正常人一样，丧礼办得有鼻子有眼儿。平日里出出进进，她腰板挺得直直的，小小年纪，家里家外都能独当一面。在全镇子上，也算是响当当的女汉子。我爷爷为此格外看好她，这桩婚事是过去爷爷和姥爷商量过的，所以尽管两个当事人都不满意，爷爷还是拿当年和我姥爷的约定镇着他们，逼迫他们结了婚。大概在我爷爷的世界观里，说过一次的话，就是诺言。

按照当时的形势，我爷爷的家财和他在当地的影响，也足以被划为地主、富农。好在上天眷顾他，让他在我姥爷被枪毙后不多久竟然无疾而终。我父母结婚的时候，家里的财产大部分都被充了公，只给他们留下了两间破房子和必要的生活用具。

开始母亲还把对未来的希望寄托在父亲身上，想着他出身大家，见过世面，应该有主见、有魄力，两个人齐心协力挑起生活的担子，没有什么过不去的。她哪里会想到，父亲眼高手低，说起来头头是道，干起事情来百无一用。所以家里的事情，渐渐地都要由母亲来做主。

后来我大姐出生，家里的日子过得更加紧巴。

刚好有一个机会，外地的几个客商要去武汉贩药材，不知道怎么打听到我父亲懂这个，就找到他让他帮帮忙，一起去一趟武汉。母亲想着这是个好机会，就把自己千辛万苦攒的一点钱拿出来，把自己的金戒指都卖了，让他跟着人家去武汉长长见识。

临行前，母亲一夜未睡，帮他收拾路上用的东西。缝了一条腰带，把钱夹在里面。

天还未亮，母亲就擀好面条，把我父亲喊起床。

面条里放了细细的姜丝、葱花、麻油，还卧了几个荷包蛋。

“人家说这面越拉扯越长，”母亲用少有的温柔口气说，“人在外面，得想着家里。一定多长个心眼儿，不能光顾吃喝。要把人家的生意照顾好，咱们自己也赚点。”

“这你就放心吧！”父亲胸有成竹地说。

吃过饭，母亲提着包袱，一直把父亲送到路口，看着他和那几个客商会合，直到看不见他们人影了才回去。

还是十几岁的时候,我父亲曾经跟着他的父亲我的爷爷去过武汉。我姥爷那一次也去了,他们是到武汉三镇拜访湖北的几个朋友,在那里好住了几日,天天吃香喝辣,坐着朋友的汽车到处游逛。那真是一个光怪陆离的世界,景美人美,吃得也美。尤其是武汉的小吃,让父亲乐不思蜀,大饱了口福。

父亲跟着那帮客商搭火车走到汉口已经是第二天傍晚了, 他们草草吃了碗面就找地儿休息,准备第二天一早去药材市场。毕竟人家是来贩药材,不是来海吃胡喝的。但父亲被心里的馋虫勾着,哪里睡得着? 看看一帮人睡了,他自己又溜到江边的小吃摊上一家一家地品味。吃到高兴处,也学旁边的人买了米酒大碗来喝。谁知道那酒喝着好喝,但后劲儿大。等他想站起来的时候,已经醉得东倒西歪了。好不容易找到住宿的旅馆,天已经快大亮了。他被扔在床上昏睡了三天三夜。同去的人喊他不醒，见他不是个做事的人，也不再管他，把他身上的钱财洗劫一空，一去不回头。按后来母亲的说法，人家没把他扔长江里喂鱼，已经算是万幸了。

三天后父亲才醒来，看看身无分文的自己，一时间没了主意。后来他把自己身上值钱的东西都抵给旅馆才得以脱身，靠沿途要饭走回来的。母亲看见他蓬头垢面、衣衫不整地回来，只道是他被人偷了，不但没责怪他，反而还千方百计安慰他说："你不知道外面的险恶，第一次出去没经验，慢慢就学会小心了。"

二姐和我出生后，家里的日子更难了。母亲找到我舅舅借了点钱，安排父亲去城里买一台缝纫机。她在城里上学的时候跟人学过一点缝纫，想把这个手艺捡起来挣点钱补贴家用。谁知道他去城里转了一圈，买了一辆三轮车回来了。

母亲看他煞有介事地骑着三轮车回来，样子看起来很是滑稽可笑，就耐着性子问他："让你去买缝纫机，你怎么买这东西回来？”

“这东西？这东西好啊！”父亲从三轮车上跳下来，像得胜回朝的将军，一边轻轻抚摸着三轮车座子，一边眉飞色舞地跟母亲说，“我去供销社问了，缝纫机要票，没有票人家不卖。这个不要票，这多好啊！多实用啊！给人拉点东西，既不用什么手艺，又自由自在，而且男女都能干。缝纫机就你自己能用，我不能在家闲着吧？”

母亲不但没生气，还就着这事儿，逢人便夸奖他有眼光、有头脑。

开始一段还真不错，给人家拉货送东西挣了点钱。每天见了钱，都完好地交给母亲。可巧有一天，他给饭铺子送菜，卸货的时候看见大厨正在做菜。他一时技痒，讪笑着凑过去说：“老弟，要不我帮你干一会儿？”

大厨斜睨他一眼，说：“老兄，还是好好送货吧！这活儿哪是你干的？”

父亲便去找掌柜的。掌柜的也听说过我爸，只知道他过去老是给人家帮忙，但没听说他在饭店做过，便对我爸说："老兄，今天不行，这可开不得玩笑，外面好几桌客人等着上菜呢！"

父亲说："不误事的。不误事的。"说罢就去菜案边站着。大厨正想看他的笑话，便把刀顺过来，刀把子递给我父亲。

我父亲接过刀，神情立马肃穆起来。他挽了挽袖子，并未急着下手，而是一边用磨刀棍细细地磨着刀，一边认真地看着面前点菜的单子，仔细盘算了一下，才开始切菜。也未见他有大动作，只见菜刀贴着案板，像小鸡啄食似的不停地动着。不一会儿工夫，他面前就规规整整摆满了肉丝、肉丁、肉片和花红柳绿的各种配菜。案上的东西准备齐了之后，他才开始开火、架锅、烧油。在父亲的操持下，一时之间只见勺子翻飞、碗盘叮当。平时蔫不拉叽的父亲，好像突然间换了一个人，简直像个音乐演奏家，把各种乐器调拨得如行云流水，荡气回肠。一会儿便让老板和大厨看傻了。

“我的天！”老板以掌击手，兴奋地喊道。

没多长时间，客人的菜全部做好了。菜案干干净净，锅灶也利利落落。这让掌柜的和大厨看得心服口服，半天才回过神来。掌柜的本来就是个二把刀，靠糊弄过路的赚几个钱。找的大厨也是一般的厨子，只能应付个粗茶淡饭而已。

“今天真是开眼了，想不到咱这里还有这样的高手！”掌柜的不住嘴地赞叹道，“人家多少有点手艺都去考厨师了，您咋没去呢？”

父亲就不能听到人家表扬他做菜好，这是他最高兴的事儿。他乘兴把大厨喊到跟前，把做菜的方法和火候一一讲给他，让他照着做。掌柜的也高兴，觉得我父亲实诚。待客人走了之后，让他拣拿手的做了几道菜，跟大厨三个人在外面坐了。

掌柜的说：“今天算是遇到高人了。不知道能不能请大哥委屈到我这小铺子里，算给小弟我帮帮忙。”

大厨也在旁边，不住口地喊我父亲：“师傅，师傅。”

我父亲说：“很抱歉，这个我做不了。”他知道如果要跟母亲提这个，母亲肯定会跟他拼命。

“价钱您只管提。”掌柜的说。

“不是钱的问题。”父亲说。

掌柜的无奈，只好劝我爸喝酒。三个人喝干了两瓶烧酒。父亲喝了酒，仍和上次一样，头晕眼黑。掌柜的要找人送他，他大咧咧地说没事儿。两个人把他扶到三轮车上，他走了不多远，便一头栽到沟里，肋骨立时断了两根。

家里没钱，母亲只好把三轮车卖了，卖车的钱还不够治病的。母亲虽然脾气不好，但大事上总还是明白事理，人都这样了，她反而不再苛责，尽心给父亲治病。特别是对父亲喝酒，虽然坏了两次事儿，但母亲并没有过分责怪他。她觉得一个男人不吸烟，再不喝酒，就更没一点汉子气了。她偶尔说起我姥爷，一顿喝一斤酒，一点醉态都没有，说话滴水不漏，那叫一个威风！

但是出两次事以后，父亲就滴酒不沾。他知道自己吼不住那一口。

看着他一个大男人整天无所事事，母亲暗自着急。想着他自小背过汤头歌，多少也懂点医术，于是就去托了镇上的一个人，让给他找点事干。这个人曾经是她爹的跑腿儿，和她家的人关系很好。过去她爹也常常带他来家里吃饭。她爹被镇压了，这个人却因为在政府里有关系，被树成受欺压的劳苦大众的典型，后来竟然当了干部。但他人倒不坏，当了干部之后对我们家还是比较宽容的，至少没有落井下石。我母亲去求他，他二话没说，就安排我父亲到镇上一个兽医站当临时工。要说这真是有点乱点鸳鸯谱，兽医跟人医毕竟是两码事。好在我父亲还懂点中草药，安排到兽医站，如果他愿意好好干，也说不定真的能干好。

但他去了不到半年就被开除回来了，还背了三十元钱的罚款。那时候的三十元钱，够一个家庭吃一年半载的。事情的经过是这样的：有个生产队的一头驴生病，已经病得走不成路了，用拖拉机拉到兽医站。那天刚好我父亲值班，看了看这头驴后，他说已经没有治疗的价值了。不知道他是想展示一下自己的手艺或者是可惜这头驴，他提议大伙儿凑点钱把驴买下来。五元钱买了一头病驴，杀了之后他配了煮肉的汤料，然后亲自下手卤了一锅驴肉。兽医站的人每人都分了一份儿。后来不知为什么被镇上知道了，说是破坏人民公社生产资料，要追究兽医站的责任。兽医站的领导把责任一股脑儿推在我父亲一个人头上。他被开除不说，还被罚了三十元钱。

不过他那次出事儿以后，卤煮驴肉便成为镇子上的一道地方名吃，一直到现在都经久不衰。再一个就是我父亲会做饭的名声也传出去了。

为了这件事，我母亲大病了一场，好久都没迈出过家门。身体好了之后，她性格像变了个人似的，脾气暴躁得简直像一支炮仗，遇火就着，对父亲再也没有任何温情。从此之后，我们家人再也没人敢在她面前说到吃的话题。没人在后面督促着，父亲也不再出门找事儿干了，天天浑浑噩噩混日子。后来发展到母亲在家里不管怎么对待他，他都跟木头人一样，装作没听见。

父亲死后，有一次母亲跟二姨哭诉道："如果他能出去拼一拼，就是把家里所有东西都输干了，我也不会责怪他一句，他也不枉活一场！"

二姨说："人各有命，就像你说的，我嫁一个杀猪的，不照样得过日子吗？"

说起二姨夫，母亲总是不屑一顾，她觉得好歹我爸也是个少爷出身。"不过，他一个大男人，天天在家里混吃等死，活着就是丢人。就这你还说我家的孩子教育得好，教育得好。好什么好？不都跟他一样，一窝子饿死鬼托生的！”

我二姨夫在我二姨病逝后的第七天死于心肺衰竭。我回到深圳还没来得及喘气，又飞回了郑州，帮哥哥处理后事。

在我母亲嘴里，二姨夫一辈子都只是个杀猪的，是个没丁点出息的人。可这个杀猪匠和我二姨恩爱一辈子——可能也称不上恩爱吧，平淡夫妻，一辈子没吵过嘴，但也没爱得死去活来过；从没大富大贵过，可也从不缺衣少食，相依相伴过了一生。二姨缺少我母亲的志向，从不巴望自己的丈夫或者儿子能出人头地。他们两个相依为命，都活到八十多岁。

对于他们的去世，母亲并未表示过多伤心，该做什么还做什么。只是说到二姨的时候，她会说：“要说不该啊，她比我身体好嘛！”或者说：“她这一辈子,过得也不值。"对二姨夫的死,她没有任何态度,问都没问过,自然没人知道她心里是怎么想的。我想，她不至于对食品公司那档子事儿还耿耿于怀吧?

五

二姐是在孤独中长大的孩子，在我们家，她虽然比我处境好一些，但也不怎么讨母亲喜欢。为什么唯独我们俩不讨母亲喜欢呢？虽然我们从来没在一起说起过这个事儿，但是各自心里都有数。二姐贪吃，而且性子懒散。这是母亲最受不了的。而至于我，母亲说得更难听，她说我从长相到性格，特别像我父亲。有一次忘记因为什么事儿，她跟大姐说起我。她说："你三妹要是再长了胡子，活脱脱就是你爸又从黄河滩爬回来了！"

在我们家，二姐长得最漂亮，就是不爱说话，是我们村有名的冷美人儿。我父亲最喜欢的也是二姐，暗地里夸奖这个闺女像个大家的孩子。二姐说，她不像我们几个深受母亲的控制，时时处处孤立父亲。她不但不讨厌父亲，甚至还有点喜欢他。

他从来不打骂孩子,大小事儿说一句狠话都很少。她说她喜欢父亲看她时的目光，柔软得跟兔子一样绵软的眼睛。打记事起就喜欢腻着父亲,整半天整半天地拱在父亲怀里自个儿玩儿。父亲偶尔会给她讲些个故事,猫姑姑的鱼汤之类的,反正都跟吃有关。猫姑姑给小猫做鱼汤,新鲜的鱼放上几朵蘑菇,再加上葱、姜……煮出白浓浓的汤,那个好喝啊，把小猫的肚皮都撑破了。每次故事还没讲完,二姐的口水都流出来了。母亲嫌二姐贪吃,也可能与这有关吧。

我母亲不喜欢二姐的再一个原因，就是她脾气特别倔,自己不愿意干的事情,怎么说都不行,打骂也没用。有一次,她嫌母亲用我大姐的旧衣服给她改做的棉袄太难看,不愿意穿。母亲就把棉袄从她身上扒拉下来扔在地上,说不愿意穿就别穿!大冬天的,她硬是穿着一件单衣去上学,回来冻得感冒了好几天。

不过,说她贪吃还真有点冤枉她,我觉得她只是好吃,最多是会吃而已。在吃的问题上她比较挑剔,喜欢吃的东西一定要吃够,不喜欢吃的东西宁愿饿着肚子也不吃。本来在我们家"吃"就是一个最大的贬义词,是一种恶。而她不但贪吃,还把倔劲儿用在吃上,这让母亲更加愤怒。一个人对吃这么讲究,还有什么救儿?所以母亲刻意要在家里创造一种以吃为耻的氛围,并把这种观念深深地种植在我们的骨子里:贪吃的人都不是什么好人,都不会有什么出息。

我们对于父亲的疏离就跟母亲的这种教导有关。一直到现在,我们也避免在母亲面前谈论吃。虽然都开饭店,但是在家里闭口不谈饭店的事儿。母亲不管在任何时候、任何情况下,也绝对不会去我们任何一家饭店吃饭。

二姐是我们家唯一一个读书读出功名的人,这让母亲以吃为耻的文化受到很大的冲击。收到录取通知书，二姐也不向她报喜，通知书锁抽屉里，一句话都没有。其实母亲早已经听说了，但她不说，母亲也不问。她曾经向我大姐抱怨道，知道是个不孝顺的，翅膀长硬了还不知道会咋着呢！所以二姐考上学，本来是给家里挣足了面子，应该在村里放一场电影祝贺一下。有人提起这事儿，母亲一口回绝了。二姐走的时候她也没送，一早就下地干活儿去了。

我借了一辆自行车，把二姐送到了市内的学校。

二姐财会专科学校毕业后，被分配到区政府上班。她漂亮，又有文凭，一上班就被区里一个副书记看上了，想娶回家当儿媳妇。副书记找了个中间人，就是原来跟着我姥爷，后来在镇子上当干部，给我爸安排过工作的那个人。他来找我母亲。刚刚说明来意，我母亲便说："其他人说这事儿，我不一定答应。要是您说了，我信！"

母亲跟二姐说这门婚事的时候，带着几分得意，好像她立了好大的功，“看看人家的那个家，若不是不讲出身成分了，人家能看上咱？”

让母亲想不到的是，二姐死活不答应。她知道那个副书记的儿子是个混世魔王，打架斗殴不说，还有女孩被他糟蹋过。

对二姐的拒绝，母亲眼睛都没抬，说：“年轻人，哪个不浑上几年？看人家那家庭，父母哪会不操心？结了婚就好了。”我二姐说：“人家家好，和我有什么关系？我是跟人过，不是跟他家庭过。谁想嫁谁嫁，反正不是我！”

母亲气得站起来，指着二姐半天说不出话来。后来看见二姐往外走，她在后面跳着脚说：“从小到大你都哭丧着个脸，等着我死是吧？人，说一句就得算一句！我已经答应过人家了。你要不答应，要么你离开这个家，要么我死。你看着办吧！”

二姐二话不说，收拾了几件简单的衣服，头也不回地走了。

就是那一次，那一年的阴历七月二十六日下午，母亲又一次气得犯了病，一头栽倒在沙发上，口吐白沫，人事不省。后来拉到医院抢救了半天，虽然并没有生命危险，但还是把我们吓得不轻。

最终二姐还是屈服了。

本来就是硬撮合的，再加上性格差异那么大，结婚以后两个人完全过不到一起。书记的儿子不务正业，天天泡在歌厅酒吧，经常是十天半月我二姐还见不到一次他的人影。但我二姐从没回家诉过苦，跟任何人都没提过这事儿。后来还是我母亲看着不对劲儿，结婚几年了也没孩子。找人一打听，两个人基本没在一起住。母亲把二姐找回去问她，这些事儿为什么不跟她说？

二姐说："不想说。"

母亲说："那就立马跟他离婚！"

二姐说："不想离。"

母亲说：“你说不离就不离了？”

我母亲实在咽不下这口气，到书记家跳着脚骂了几次。人家那家也不是任人撒泼的地方，立刻催着儿子离了婚。本以为我们家还会闹，我母亲一句话没再说。我二姐净身出户，带着自己的衣服就走了。

二姐离婚后，那家人倒是有点后悔，毕竟自己家的儿子什么样他们比谁都清楚。二姐与他结婚几年，从不吵闹，也没向家里提过任何要求。在单位更是低调内敛，踏实得像颗螺丝钉。穷人家也能教养出这般又懂事又有尊严的孩子，他们觉得很难得。

他们再找那个中间人来说合，被母亲一口回绝了。

二姐离婚后也没有回娘家住，而是住在区里给的一间单身宿舍里，像是什么事儿都不曾发生过，安安静静过自己的日子。二姐后来又找的这个人也是她的同学,原来在西北当兵,执行任务的时候腿被冻坏了，是立过军功的。后来转业到地方上,安排在镇政府办公室工作。在学校时二姐倒没有怎么在意他,记不得他什么样子了。但现在他毕竟是当过兵的人,受过部队的训练,总是把自己收拾得整整齐齐,腰杆挺得笔直,办事利利索索,如果不仔细看，走路的时候完全看不出腿是受过伤的。二姐知道他的伤情有多重，他能坚持这个姿态,需要怎样的毅力啊!

这个人也很同情二姐的不幸，总是不动声色地帮助她。毕竟她的前公公还干着领导,虽然人家丝毫没有难为她，其他的却很少有人敢和二姐走得近。势利是人的本能,她也不怪谁。可大家的冷淡和明显的距离感,让后来的二姐夫感到不快,他就是那个时候走近二姐的。

二人相处久了,日久生情。他向我二姐求婚的时候,我二姐就提了一个条件,要求两个人同时辞职,不再看人家的脸子了。

他二话不说,先打了辞职报告。

母亲听说了这事儿,跟二姐闹得要死要活的。一家子人都上不了台面,好不容易出了这么一个体面人,说不干就不干了。又要找未来的二姐夫去闹,被我二姐呵斥住了:“辞职是我自己的事儿,也是我要求他辞职的,你找人家说什么理?”

我母亲说:“不是因为他,你会辞职?”

我二姐说:“我结婚是你选择的,离婚也是你定的。难道你还想让我再来一遍吗?”

我母亲气得三天不吃饭,病得一个月起不了床。

二姐他们两个人辞掉工作结了婚,在他们居住的村(那会儿已经叫社区)东边盘下了一个餐馆,主卖卤煮驴肉和牛羊肉类的食品。周围的人都说二姐的卤肉好吃,传说是我父亲给她秘传过食谱,得过我父亲手把手的真传。每当有人问起他俩的时候,他们都矢口否认。这让人家越发觉得这传说是真的,而且添油加醋,越传越神。

后来是我问她,她告诉过我,父亲确实给过她一个做菜的笔记本。她一直藏在家里, 不知怎么的,那个本子不见了。我二姐找我母亲讨要,我母亲死不承认,说她没拿。二姐这种性格,倔起来谁也没办法,天天追着母亲要。后来把母亲逼急了,母亲说:“你说是我拿,就是我拿了。我塞灶火里烧了!”二姐更急,说:“那是我爸留给我的,你凭什么烧了?”母亲劈脸给她一巴掌,把二姐打得一头撞在门上,头上立马鼓起了个大包。母亲说:“我凭什么烧了?就凭我不想让你们成精!一个两个都成馋嘴精了!”

对于二姐的再婚,后来母亲再也没有干涉,可是她辞了公务员开饭店,真是让她吐了一回血,一下子老了好几岁, 一个人关着门叹气:“学还不是白上?真随了你那死鬼爹。原本我就说她哪来的恁大福气,到底是盛不住啊!”

母亲一次也没去过我二姐的店，经过那条街都绕着走。逢年节走娘家,我二姐绝不带自己饭店的食品,带的都是超市里买的礼物。

也真让我母亲说着了，也许是遗传基因的作用，也许父亲留下菜谱这件事儿在我们心里深深地扎下了根，要不我们姐弟几个怎么不约而同都选择了开饭店呢?

二姐他们的饭店开了几年,生意很不错,也赚了一些钱。她却一路瘦下去,而且一直没生孩子。二姐夫拉着她去医院检查，结果发现患了甲状腺肿瘤,已经癌变了。虽然手术做得还不错,而且三个疗程的化疗做下来，二姐的身体并没有很大反应,头发也没掉,但二姐夫还是不放心,经常要拉着她去全国各地的大医院找专家。二姐想着刚好趁着这个机会,也可以给二姐夫治治他的伤腿。于是两个人一合计,就把饭店转让给别人,老房子也卖了，买了一个旅行车，天天跑着求医问药。最近我联系了她两次，他们一次是在北京，一次是在天津。直到我要走的前一天他们才赶回来。

本来我在郑州东来顺火锅店订了个房间，二姐喜欢吃涮羊肉。可是怎么说她就是不出来吃饭，我只好让火锅店把东西打包送到她家里来。

那天我到她家的时候，他们正在整理大包小包的中药，屋子里弥漫着一股药香。因为是逆光，或者是心理作用，我看着她瘦得像个影子一样坐在那里，禁不住一阵心酸。我屁股还没坐稳，她就说起母亲打电话安排父亲墓地的事儿，说早就该好好办了。然后，她手朝里面指了指，对二姐夫说："你去把东西拿过来给三妹吧！"

二姐夫站起来的时候，我才拿眼睛去打量他。他也比过去瘦了，但精神头很好。他身上有一股正气，因此看起来哪里都大方端正，和二姐很是般配。关键是两个人相敬如宾，日子过得很称心。不过到底上了岁数，能看出来腿走着还是多少有点不利索。他回到里屋，拿过来一个用报纸包着的大纸包，在沙发上打开一看，里面是十捆百元钞票。

"这是十万元钱。"二姐夫指了指那钱，然后怕烫着似的缩回手，两只手来回搓着。

我"哦"了一声，站起来走过去，把纸包重新包好，放在二姐面前的桌子上。我说："二姐，二姐夫，这个事儿你们不要管了，先抓紧时间看病。二姐，尤其是你，谁不知道你现在过的什么日子？这几年你们俩看病估计把家里的钱都折腾得差不多了。即使你们要出这笔钱，我也先替你们垫上，以后再说好不好？"

"那怎么行？"二姐生气地瞪着我，"谁也代替不了我，你也知道父亲跟我最亲。"说着她的眼圈红了，低下了头。

"我知道。等你们缓过劲儿来再说吧！我这次来不是要钱的，就是过来看看你们。一直想让你们去深圳住一段时间，你们总是害怕给我添麻烦。自己一家人，能有什么麻烦呢？”我的眼泪也流了出来，在我们家，我跟二姐最好，“而且我跟大姐也说好了，我的房子卖了，钱也不存了，先把墓地买了，把咱爸安置好，以后再说好吧？”

二姐低着头没说话，也没再推让。

我怎么会不知道父亲对二姐最亲呢？在我们家，唯一能跟父亲说话聊天的只有二姐。二姐跟我说过，父亲出走的那天下午，曾经专门到学校来找她。那时她还在上中学，他在学校门口旁边等着她放学出来。那是秋天了，他一个人瑟缩着站在离校门口很远的地方，害怕人家看见他。二姐出来没看见父亲，只顾低着头跟在其他学生后面往前走。后来她感觉有人在旁边跟着她，扭头发现了父亲，也不知道他已经等多长时间了。但周围都是同学，她也不好意思喊他，那时候的学生都怕家长到学校来，让同学们看到笑话。女儿在前面走，父亲就远远地跟在她后面，直到周围没人了，二姐才站下来。

父亲从怀里掏出一个夹了肉的馒头递给二姐，馒头里的肉夹得很厚，一闻就是父亲卤料的味道。那是他从人家酒席上带过来的，包馒头的纸油汪汪的。二姐接过来，感觉还热乎乎的。

两个人站在那里，父亲看着瘦小的女儿三下五除二就把一个大馒头吞进肚里，意犹未尽。父亲的眼圈却登时红了，一脸的惭愧，那神情好像是在说："妞，爸没本事，要是你生在过去，想吃什么爸都给你做。"

两人还没说几句话，远处又过来几个同学。二姐急得想走开，害怕被同学撞见。

"二妞，我想给你说个事儿，"父亲从怀里掏出一个红塑料皮本子递给二姐，"这个你放起来……"

那几个学生走得越来越近，二姐匆忙接了，没等父亲把话说完便扭头跑开了。

那是父亲和他的孩子说的最后的话，至于他还想说什么,永远也无从知晓了。

二姐说,她和父亲分开后就开始后悔了,以后很多年里,她一直为这件事情后悔,不仅仅是因为后来他死了。她说:“当时她就非常伤心,一个寒瑟的父亲，特地来看女儿，她就那样把他撂开不管了。她应该让他把话说完,当时没想那么多,只是觉得以后还有机会。”

“谁知道,再也没有机会了！”二姐每次说到这里,都会哭一次。

二姐讲了这一段故事之后，我曾经跟她讨论过这么一个问题:如果父亲不是自杀,他为什么要跑那么远去学校找你,交给你那个笔记本？在家里完全有足够的时间,也有很多机会啊！可见对于他的死,他是有预见的。至于那天夜里跟母亲发生的争吵,最多是促使他下决心的一个因素。说母亲逼死了父亲，完全是无中生有的臆想。

二姐长长地叹了口气，说：“咱们家那环境，还容得下他吗？”然后又摇摇头说：“别想他了，都过去了！”

火锅把二姐家的温度升高了，她的新家还没开通暖气，空调功率太小。二姐解开围巾，脱了外套，我看到了她脖子上手术留下的疤痕。现在的外科技术好，倒是做得细细的不太明显。我站起来，把我脖子上的珍珠项链取下来要给她戴上，装饰衬托一下，刚好能遮住一部分痕迹。二姐坚决不要，使劲和我推让，脸涨得紫红，脖子上的疤痕变得更红了。二姐夫说：“三妹真心给你的，你要再推让就生分了。留下吧！你也从没给自己买过一件首饰。”我眼圈又红了，我那里有一大盒子珠宝玉器。看看我身上的衣饰，再看看她。同是一个母亲生的，命运却有着巨大的差距。

我说："这珠子不值几个钱。二姐是个美人，戴在她身上就是比我戴着好看。"

那是我年前刚买的南洋珍珠，十毫米的金珠，我知道我要是说出来价钱，打死她也不会要。

我对二姐夫说："该去给二姐添几样像样的衣服了，女人打扮得漂漂亮亮，运气都会跟着好起来。"

二姐夫以军人的认真口吻说道："是的，年前年后我催她七次了！这几年病着，她心都懒了。"

我笑了笑说："二姐，你过的是自己的日子，干吗总是跟谁赌气似的？"

她有心结，父亲的死，以及母亲对她的干涉，一直都没有化解，沉积在她的心底。但我知道，你无法说服她，除非她自己走出来。

二姐这才不再推让了。她把珠子在脖子上转了一圈，问二姐夫："好看吗？"二姐夫笑了笑，点点头说："三妹说得很对，人就得打扮，看着精神。明天就去买新衣服，咱好马得配好鞍。”

二姐的情绪也轻松多了，对我说：“三妹，现在咱妈最离不开的就是你了，你也够心累的。”

我笑了，说：“天底下谁会信啊？她不是离不开我，是离不开小妹。”

“信不信由你，”二姐本来也想笑，但没笑出来。她下意识地摸了一下脖子上的疤痕，“我最了解她，你别看她说什么，要看她做什么。她就是嘴硬。她为什么自打去了深圳一趟也不回来？”

然后她拿起我的手压在她手上，认真地说：“别跟咱妈计较了，她一辈子就那样。她一直跟我过不去，更跟你过不去。我吧，生性就这样子。那时她可能觉得或许你能有点出息，能吃苦，也能忍。她就是怕你像咱爸，太没心劲儿了！你什么都不要，都不争取，她是恨铁不成钢。她最崇拜咱姥爷，就怕自己的孩子像咱爸。”

我的泪涌上来，努力把它压下去。但是仔细想想，二姐的话也让我不舒服。她怎么也会像大姐一样，看得出来我在跟母亲计较？这话从大姐嘴里说出来我还受得了，从她嘴里说出来我很难接受。不过话又说回来，我不是也一直觉得二姐心里在跟母亲计较吗？

但我不能跟她辩解。虽然我无论如何也改变不了她母亲也是我母亲这样一个事实，但母亲从小到大这样对待我，总得有一个理由吧？我始终痛苦的不是她这样对我，而是她为什么这样对我？

但是我说的却是："她那样子对咱爸，我这些年也一直在想，咱爸又有哪样做错了呢？说咱爸给咱们家带来耻辱，连大姐也这样说。咱爸到底给咱们家带来什么耻辱？"

"那要看怎么说了，每个人看问题的角度不一样。"二姐若有沉思，"算了，反正都过去了。"

二姐这话，让我更是难受，莫非她也曾经认为父亲给我们家带来过耻辱？

“我不认为咱爸给咱们家带来过什么耻辱，而且如果没有咱爸，咱们几个会开饭店吗？”我心里空落落的，有一种坍塌般的悲凉，“有些事情可以过去，有些事情永远都过不去。我现在琢磨出每一道菜，都会想，我这菜就是做给爸看的，就是想让他满意！咱妈整天讨嫌他，说他嘴馋，他要是活着，我就让他吃个够，龙肝凤胆我都给他买！”

一句话，说得我们姐儿俩的眼圈都红了。我们不敢看对方，眼睛盯着咕嘟咕嘟冒热气的火锅。后来还是二姐夫添菜，我们才结束了这难挨的沉默。

吃过饭，我们又说了一会儿话。临走的时候，我给二姐放桌子上五万元，说让她和姐夫看病用。她也没有推让。

第二天我回深圳是坐的飞机，我急着赶回去看看母亲的病情。大姐夫把我送到机场，接到二姐的电话，她和二姐夫也赶到机场送我。二姐还收拾了一包东西，说都是母亲爱吃的咸菜什么的，让我带回去。我把东西塞进行李箱里,回到深圳才发现咸菜下面整整齐齐压着十五万元。

但是那串珍珠项链她留下了。

六

最早起步的时候，我花十几万元给自己在郑州买了套房子。一来那时候郑州的房子便宜，与深圳比起来像买白菜似的。二来是怕钱握在手里不牢靠，说到底更是为了让自己安心，万一哪天外面的路走不通了，自己总是个有家的人。

回到我自己的房子里，才觉得是真正回到了郑州，而不是像走在梦境里，飘忽得惶惶不可终日。有时候我不想受任何人打扰，就关掉手机，静静地坐在空荡荡的房子里想那些过去的事情。回忆正汹涌而来，我像坐着时光之船，一点一点地穿越回忆的激流，与自己的过往擦肩而过时，即使是伤痛也变成了甜蜜。

我想起了母亲。跟母亲在一起生活了几十年，我也没弄明白她。她的性格非常古怪，或者说非常奇特。我常常想，即使我父亲是一个上进的人，能达到母亲所要求的高度和标准吗？母亲最羡慕的人就是我们家邻居周四常，父父子子都是走的仕途，里里外外都风风光光。而我们呢？母亲觉得一家子都是卖饭的，挣再多钱，也是从人家嘴头子里抠出来的，怎么说得起嘴？一粒老鼠屎坏一锅汤，都是我爸把儿女带歪路上去了。

二姨说，母亲的性格最像我姥爷。我姥爷最后被枪毙，也不是作了多大的恶，而是他眼睛太尖、嘴巴太利。他是镇上的摆事老大，谁家父子兄弟分家，闹三天打断胳膊、腿都扯不清。着人请他去，他穿着长袍拄着拐棍往人家堂屋里一坐，三下两下就把家当给分了。虽然他处事公道，大家也都相信他，但毕竟事到临头，有满意的有不满意的，反正满意不满意都得听他的，一句都不敢抱怨。一个镇子就这么大，谁敢保准今后没事求到他门下？不过话又说回来，在熟人社会里，让人敬着却又让人怕着，终不是啥好事。

我从一开始就知道在这个家里母亲最不喜欢的是我。但她从来没说过我有哪一点不好,也许她是整个不喜欢我,也许是我没有一点讨人喜欢的地方吧。小时候我在家里就是干活儿最多的一个,她像从来没看见一样。其实,哪个孩子不渴望疼爱呢?我越是刻意迎合,她对我的反感越甚。莫非仅仅因为我在长相上像父亲?这无论如何说不过去,毕竟我性格不像父亲,也并不贪吃。

开始母亲最喜欢的就是大姐一人,说她不但漂亮,也会说话,办事也有胆儿,拿得起放得下。后来有了我弟弟,她的心思大部分就放在我弟弟身上了。但相对我们姊妹几个而言,她还是偏向大姐。没儿子的时候,她希望在女儿中培养一个男儿。有了儿子,她觉得找到了希望,殊不知真正性格像我父亲的就是我弟弟。但她不承认,也不允许我们任何人这样说。

父亲去世后，二姨曾经跟我说过，母亲找人算卦，人家告诉她我命里克父母，父亲去世就是因为我妨的。一直到今天，我和母亲从未亲近过。她和妹妹在一起，看电视都挤在一张单人沙发上，出门手牵着手。我哪怕靠近她一点，都能明显感觉到她身体的抗拒。

唉！她究竟是害怕我什么呢？以她的性格，我不相信她是害怕我真的会妨死她。

整个成长期我都非常自卑，为自己给父母带来厄运而惴惴不安，因此在她面前就更加局促，到后来说话也变得结结巴巴的。母亲说我长大了是个会使心眼儿的人，整天低着头，说话哼哼唧唧的像蚊子声。

"低头婆子仰头汉！整天低着头，心里有啥见不得人的事儿？"母亲说。

母亲的情绪感染了大姐，或者说，大姐觉得她可以代替母亲。家里除了母亲，大姐就是当家人。父亲对这个家庭的影响几乎可以忽略不计。在这种环境下，家里的粗重活儿自然都是我的，洗衣服、做饭、打扫院子。我干活儿多，出错就多，经常被母亲责骂。我记得有一年冬天，快过年了，气温特别低，我提着一篮子衣服去河里洗。河上空旷无人，就我一个，棒槌敲打着衣服，硿——硿——硿地传出老远。我并不觉得委屈，干活儿似乎天经地义。即使是这样的日子没有尽头，能让我待在这个家里就让我很满足了。我常常在书上看到“忧愁”二字。可忧愁是富贵人家的事情，我没有权利忧愁，我只是盼着母亲让我上学。我拼命地干活儿，好让母亲满意。

那天洗完衣服之后，可能是蹲的时间太长了，站起来的时候一头栽倒在地上。两只手本来就冻得都是口子，地上的沙和石子儿都钻到伤口里，让我疼出了两行泪。寂寞的旷野里，天那么高远，我那么渺小。

我要是栽倒在河里呢？我要被水冲跑了又有谁

会拉我一把？也许死了会更好些，我父亲不会就是这样想的吧？

我吓得哭了起来，对着一河的水哇哇哇地号叫："啊——啊——啊——爹呀，妈呀，二姨呀，二姨夫呀……"

在家里我不敢哭，掉滴眼泪都不容许。母亲心情不好时，碰巧我干的活儿她又不满意，她就会拧我，但只是拧我的胳膊、屁股。大姐也会拧我。她拧我的时候不说话，只是死劲儿掐我的脸。母亲也骂我："我还没死呢，你给谁哭丧？"偶尔她心情好些，便会笑话我："瞧瞧，自己倒会惯自己，我们家出了个小姐！"

我每次委屈得受不了了，就会跑去二姨家。我哭二姨也哭，她说："哭出来就好了，小孩子老憋屈着会落下病的。"

那天哭完，回家我也没跟母亲说，自己跑到卫生室让医生把石子儿拣出来，包扎一下就过去了。

直到我结了婚，才在老公的哄劝下，又做了一次手术，把里面的最后一颗小石子儿拿了出来。那剩下的一颗石子儿，在我肉里疼了多少年？

估计我母亲从来就没想过，我那会儿还是个小孩子，而且是个十三四岁的小女孩儿。

在二姨家，我的身体和情绪都慢慢恢复了。读完小学，有一天母亲突然来到二姨家，说要把我带回去。二姨和二姨夫都很吃惊，说："孩子在这儿好好的，你这是干什么？"母亲不耐烦地朝他们摆着手说："闺女是我生的，我也没说过要把她送给你们。你儿子也大了，你们家就两间小房子，男大女大的，一个屋里住着不方便。她杵在你们家里，净碍事儿。"母亲说完，瞪我一眼命令说，"站在这里干啥？还不赶紧去收拾你的东西！"

我靠着二姨站着，看着母亲凶狠的样子，腿都是软的。但我怕她跟二姨闹，便嗫嚅着说："我马上就去收拾。”

她朝我不耐烦地摆摆手说:“那就赶紧去吧!”

二姨跟着我来到里屋,一边帮我收拾东西,一边流泪。二姨夫蹲在门口,一根接一根抽烟。表哥那天出去了,不知道是有事儿,还是故意躲出去了。不过即使他在,肯定也不敢说什么。

我跟着母亲回了家。原来是家里添了弟弟妹妹后,她腾不出手干家务活儿了。她见我身体好了,让我回来好歹多个帮手。那时候大姐在她面前还吃香,霸道凶狠,啥事都推给小的。二姐本来就倔,不大听她使唤,一天到晚捧本书,心不在焉地干点活儿她也看不上。二姐也没少挨打。母亲说:“随她那死鬼爹,啥都别想指望。”

快开学的时候,我跟母亲说我要上学。母亲吃惊地看着我说:“你也要上学?你大姐、二姐都上,你再上,莫非要我拆骨卖肉?”

我说:“妈,我保证一边上学一边干活儿,绝对不在家吃闲饭。”

“不上了！”她对于我敢还嘴，更加恼羞成怒。

过了好久，她看见我一直站在那里没动，口气有点软了，说：“你这样的死脑筋，上也是白上。你先把家里活儿干好，以后再说吧！”

我不再乞求她，我知道跟她说软话没用，只有把事儿做好才有可能改变她的想法。所以我每天早上五点多起床，晚上十点多才睡，把家里的事儿理得头头是道。我再提出上学的时候，她没有阻拦。

我初中毕业后，顺利地考上了高中。那天趁她在家做针线活儿，我蹭到她跟前，跟她说我要上高中。

“不上！”她抬头斜了我一眼，就低下头去。父亲活着的时候，有时尽管她说话不好听，但还讲理。父亲不在之后，她的脾气变得更加暴戾，说话就跟放小刀子似的。

我站在她跟前，磨磨蹭蹭不走。

“你就是在这里扎根儿,也不能再上了!”

我依然站在那里。她干完手里的活儿,看都没看我一眼,噔噔噔地从我身旁走出去了,脸色阴沉得像要下雨一样。

这次看来是真不让我上了。

我想到了二姨,我不想她还能想谁呢?趁母亲不在家,我去找二姨。到了二姨家已经快中午了,我看到二姨夫和哥正在吃饭。二姨不在,二姨夫说她去舅舅家了。说话间,哥已经给我盛好了饭。在我吃饭的时候,哥说:“你二姨明天才能回来,你要是有急事,我骑车载你去,或者我把她喊回来。”我想了想说:“如果二姨在那边没有急事的话,还是把她喊回来吧,我有点急事,在咱们家说方便些。”我在二姨家里说话就口齿利落,像换了个人。

我哥饭都没吃完,放下手里的碗,推着自行车就走了。

二姨下午回来了。我一直站在门口等她。她看见我，眼圈先红了。还没待她进屋，我扑通给她跪下了，抱着她的腿哭着说：“二姨，您救救我吧，我想上学！”

“你妈又不让你上学了？”二姨蹲下来，抱住我的腰，“我明天就去给她说。她要是不同意，我供养你！”

说话间，我哥也从外面进来了。我们四个人坐在屋子里，你看看我，我看看你，好像谁都没勇气再提这个话题。大家心里都明白，二姨去见我妈也于事无补。后来还是我哥打破了沉默，我哥说：“这样吧，明天我去给大姨说，你上学，我去替你干活儿。”

“那肯定不行！”我脱口而出。我知道，二姨二姨夫身体都不好，这个家离不开他，我不能再拖累这个家庭。

“没事儿，”我哥说，“就这么着！”

我知道母亲的性格，我哥这样说也只能是安慰我而已。

我跑来二姨家，也只不过是哭一场，发泄发泄罢了。二姨能有什么办法呢？

吃过饭，我提出要回去。二姨也没再留我。她一直在哭，她知道自己斗不过我母亲，让我哥骑车把我往回送。我们一路无话，但好像又说了一路的话。我知道他说的什么，他肯定也知道我说的什么。

到了村口，我哥把我放下，连看都没看我一眼就折转头往回走，根本没提去找我母亲的事儿。我猜他肯定在哭。我看着他走远了，突然间又泪流不止，我喊道："哥！"可能是因为迎着风他没听见，或者他听见了不敢停下来，只顾低头骑着车走了。

我停了好大一会儿，拐上另外一条路。那条路直通黄河花园口桥，桥下就是黄河最深的地方。我走到黄河边，想着过往的一切，万念俱灰。前无目标，后无退路，还不如一死了之，免得牵累这么多人。我不是怕母亲的脸子，而是看不得二姨一家人的眼泪。

我还想到了我的父亲，肯定他也是怀着我这种绝望的心情，纵身跳入黄河的。父亲会泅水，我也会。既然黄河能带走父亲，也一定能带走我。

一想到父亲，我不但没有伤心，反而有一种说不出来的高兴。

月亮升起来了，把河滩照得恍如白昼。我沉着坚定，一步一步朝河边走去。河边是茂密的香蒲，我扒开香蒲往前走。前面有两只憩息的水鸟突然受到了惊吓，扑棱棱飞起来，就在我头顶上盘旋。我继续朝前走，眼前出现了一只鸟巢，像一个精致的手工编织的小篮子，那么小巧，那么温暖，挂在香蒲秆上。我走过去，看见鸟巢里有两只刚刚出生的水鸟，还有几只鸟蛋。在月光下，鸟蛋发出异样的光，好像通体晶莹剔透。我看着那两只幼小的生命，毛茸茸的，张着小嘴叫着。我站住了，犹豫起来，多么温馨幸福的一家啊！我不能打扰它们的生活。我折回头，慢慢往岸上走去。

抬头寻找那两只老鸟的时候，我突然看到了远处的城市。在夜色里，它离我是如此之近，灯火此起彼伏，照亮了半边天空。虽然在这里长大，可我从没有这样认真地打量过她，尤其是没有看过她深夜里的面容。平时她僵硬的、阔大的钢筋水泥身躯，在夜里突然显得柔软起来，像起伏的山峦。她那明明灭灭的灯火，多像生命的律动。是的，她像有生命似的看着我，温柔地眨着眼睛。她在召唤我。我为什么不走向她？这难道不是一条比死亡更宽阔、更诱人的道路吗？

我的心一阵疼痛，一阵温暖。就这样死去，我不甘心。我要走进城市，我要感受城市。虽然我并不知道外面的世界等待我的将会是什么，但至少它会给我自由，让我自己能够决定活不活，以及怎么活。

我没有明确的志向，我甚至没有梦想，我追逐的是一个可以远远离开家的地方，越远越好。

后来的事实也证明了，没什么，真的没什么。我一个身单力薄的小女孩子，随着建筑大军进入城市,而且直接去了深圳。那不是一道窄门,她所给我的生命的力量,比父母给我的更坚实,也更坚定。

说真的,从我离开家那一天起,我已经下定了决心,不管混成什么样,我绝不会再回家。

七

我父亲还在的时候，我二姨夫在郊区食品公司上班。那时候食品公司还属于国有，基本上所有的副食品都属于国有，不允许私人经营。其实说到底，二姨夫就是个杀猪的。这也是最让母亲看不起的地方，所以二姨夫很少到我家来。我母亲要是去他家也不搭理他，如果她偶尔去二姨家，碰巧只有二姨夫一人在家，母亲会扭头便走。她只跟我二姨说话。

二姨夫在食品公司负责杀猪、分割猪肉，最后还要处理猪骨头。认识他的人都说，杀猪匠可是个肥差，给个大队书记也不换。当时这活儿也确实是个肥差。看到他从街里走过，很多人都露出钦羡的目光。他浑身上下散发着猪油的香气，满脸油光。在那个吃不饱的年代里，他不但能吃上肉，还能喝上肉汤，确实让人羡慕不已。

他之所以能吃肉喝汤，就是当时猪骨头也是国有财产，不能随便废弃，要卖到废品收购站。收购站就在食品公司隔壁，但食品公司得把猪骨头处理干净才能交给收购站。这就是二姨夫能吃肉喝汤的根源。最后一道工序，是他负责把剔剩下的骨头放在大锅里煮，以便把骨头上的肉剔除干净。所以，他和食品公司的其他工作人员吃肉喝汤不但是权利，还是责任。

那时候生活匮乏，卖和买都凭票。一个人一个月二两肉票，所以也不是天天杀猪，老百姓一年都吃不上几次猪肉，有时候十天半月才杀一回。每当杀完猪之后，食品公司的人就蜂拥而上，围着几口大锅啃骨头喝汤。有时候啃不完，还能从骨头上剔下一些肉来，被他们揣在身上偷着带回家。

刚刚开始的时候，二姨夫可怜我父亲，赶哪次杀猪多了就会偷偷地把我父亲带进去吃喝一顿。那是我父亲最快活的日子，他总是早早地去，帮我姨夫打打下手。熬汤的活儿他争着抢着就做利索了，啃一次骨头会让他高兴好几天。后来去得多了，他跟食品公司的人也熟络了，就不再偷偷摸摸，而是大摇大摆地去了。

有一次煮肉，父亲又是早早地过去。这次他带了一包自己配好的几味中草药，趁二姨夫没注意扔在汤锅里。肉还没煮好，香气已经溢满了半条街。食品公司主任跑过来，问我二姨夫是怎么回事儿。二姨夫只顾在烧锅后面低着头干活儿，也没太在意，就跟主任说："没怎么啊？怎么了？"

主任说："你鼻子让蛆堵住啦？还没闻见香味儿？"

话还没说完，副主任带着食品公司的好几个职工跑过来，都是奔着这香味儿来的。

二姨夫疑惑地看看父亲。父亲也红了脸，嘿嘿地笑着说："也没什么，就是在药铺弄了几味中药放进去。你们放心喝，滋补壮阳，保证可以让老婆满意。”对他而言，说出这样的话等于是冷笑话。食品公司主任也没笑，他神情严肃地训斥道：“这是吃的东西，你敢乱弹琴，不要命了？”说完，他实在禁不住那馋人的香味，舀了一勺汤递给副主任。副主任的汤刚一进口就笑逐颜开，说：“是真他妈的好喝！”副主任又舀了一勺递给主任。

主任吹了吹，把一勺汤全部喝下去了。然后闭着眼，一脸的陶醉，向我父亲伸出大拇指说：“想不到你还有这个绝活儿！”

父亲得意地搓着手，嘿嘿地笑，那意思好像是说，我也不是白来吃肉的。

后来每逢杀猪的日子，主任都让我二姨夫喊上我父亲。二姨夫也不好到我家去，就站在我家门口附近等。后来我父亲掐好日子，有时候二姨夫还没上班，他就在路上等着他。

过了一段时间，食品公司主任说：“你老是这样来不合适，万一人家说句闲话，我顶不住。这样吧，你读书多,每次你到食品公司来,也不是为了吃喝,你给大家说说书里的故事,算是咱们食品公司的理论学习夜校吧!”

父亲听见这话,高兴得不得了,毕竟这是他的强项。每当吃饱喝足,他就坐在那里给大家说故事。从《水浒传》《三国演义》到《烈火金刚》,他讲得头头是道。高兴了甚至来一段“三言二拍”里的荤段子,让人听得合不拢嘴。大伙儿听得入了迷,恨不得彻夜不让他走,常常会说到凌晨才回家。食品公司的主任总结说:“过去人家说书中自有颜如玉,书中自有黄金屋。现在应该加上一句,书中自有猪肉汤啊!”

这次他没得意,显出尴尬的神色,讪讪地笑着说:“也是。也算是。”

那一天恰逢下大雨,雨水把我们家的后墙给冲垮了,眼看着房子摇摇欲坠。母亲让我和二姐去找他。我们赶到食品公司,看到他坐在一圈人中间,眉飞色舞地说着什么，周围的人哄然作笑。昏黄的灯光照着他油乎乎的嘴和黏腻腻的头发，活脱脱一个电影里汉奸的形象。我跟二姐羞得简直想找个地缝钻进去，互相推搡着谁都不肯进去喊他。我们捂着耳朵面朝着墙，既不敢看也不敢听。直到等着他讲完一段，二姐才让我过去喊他出来说话。二姨夫也跟着出来了，听了我们说的消息，两人慌了说，你们先回去，我们马上再带几个人一起去看看。临走他还没忘记把用塑料袋装的省下来的一点碎肉递给我二姐。

我和二姐刚刚走出食品公司的大门，就看见母亲怒气冲冲风风火火地赶过来。她也没打伞，浑身淋得精湿。湿衣服像绳子一样缠着母亲，让她看起来像只水生动物。她一眼就看见二姐手里的塑料袋，不由分说，劈手夺下来，拿着那个袋子就冲进食品公司院子里。我和二姐在后面小跑才能撵上她。她进了院子后，刚好与他们带的一群人迎头碰上。

她吼了一声冲向我父亲，把那包碎肉劈头盖脸地朝他砸去。碎肉和汤汤水水顺着我父亲的头发往下滴落。我二姨夫过来劝阻，我母亲一口痰吐在他脸上。然后也不管我们，扬长而去。

那是母亲第一次在有外人的场合没给父亲留脸面。

八

在深圳稳定下来之后，我回了一趟郑州，临行前专门去香港给母亲和姐妹们买了大包小包的东西。那时候母亲跟妹妹住在一起，我到郑州的时候，妹妹没在家，跟着单位的人一起出去旅游了。妹妹本来想让母亲也跟着一块儿去，她说跑不动，就留在家里。她这些年跟我妹妹几乎没有分开过一天。她依赖她，确切说是控制她。

我总觉妹妹的离婚是与母亲有直接关系的。这桩婚姻原本是母亲给定下来的。妹夫是个公务员，人长得体面，工作也体面。母亲的确比较满意，她自己也出去说，几个孩子里面这是她最满意的婚事。但妹妹结婚后，她几乎寸步不离地跟他们在一起生活。我妹妹心大，是个马大哈脾气。妹夫也是个有心胸的人。平日里小两口儿言来语去的，说了什么彼此并不在意。毕竟感情好,两个人有时候开起玩笑来也不怎么讲分寸。当妈的听了,却觉得这里那里都不对劲儿。有时候女婿无意说点什么,她不等我妹妹开口,直接就接上去了,弄得女婿甚是尴尬。对于女儿,她更是任意指责,只要不高兴了,非要说出口来不可。

慢慢地,两口子之间就出现了罅隙。但我妹妹是个没心没肺的性格,大咧咧地不当回事,也从不拿老公当外人。有时候明知道母亲没理,却还是站在母亲这一边跟老公斗气,哭了闹了,就觉得没事了。时间长了,妹夫夹在两个人中间确实不好过,但他始终忍气吞声,觉得忍忍就过去了。但他的忍让换得的却是母亲变本加厉的控制。有一次因为单位提拔了几个人,没有妹夫。他回来向我妹妹发了几句牢骚,说了,心里的结也就解了。谁知我妹妹又学给了母亲。我母亲找个机会,就仔细地盘问妹夫,一边问一边横加指责。本来单位的事就够烦心的,回家还要再受丈母娘一遍羞辱,这把妹夫平日压下去的怨气激起来了。实在是忍无可忍,他分明不是在跟一个人过日子,而是在与两个人做斗争。于是,他就跟我妹妹摊牌说:“咱妈仅在家里管管我也就算了,现在她连我工作的事儿也想管,这日子能过下去吗?”妹妹又拿这话去吓唬母亲。谁知母亲根本不吃这一套,她说:“不知道好歹的东西!乡下孩子,住我们的房,吃我们的饭,我们娘儿俩伺候得像爷一样,家务活儿没让他碰过一指头。凭啥还这么仗势?他说过不下去,那你就拿话撑着他!想怎么着都行,看看谁后悔!”

妹妹觉得母亲说得也有道理,就拿硬话撑住了妹夫。

婚最终还是离了,我母亲等着人家后悔,可很快那边就结了婚。刚离婚那会儿,我妹妹哭了一阵子。后来自己也觉得没了丈夫更舒适点,不用在意谁谁的感觉了,想睡就睡想起就起,妆不用化衣服也不用挑拣,饭想怎么吃妈就给怎么做,也挺好的。妹妹年轻貌美,在银行工作,收入不算差,离婚后介绍对象的也不少。我妈看了总是挑肥拣瘦不满意。她也懒得跟我妈理论,反正妈说好就好,说不行就不行,她没意见。她的口头禅就是,不操闲心,简简单单地生活,只要快快活活就成。只要不让她自己想事儿,处处让妈当家做主,她图个省心。反正我妹妹省心了,我妈就开心了。这世上如此般配的母女,说出来还真没几个人相信。

这次母亲不愿意跟着妹妹出去旅游也是有原因的。她曾经跟着出去玩儿过,和一群年轻人在一起,开始大家都客气着。可她还跟在家一样,什么事由着自己说了算。时间长了,大家就觉得老太太有点过分了。人家不驳她的面子,可也不理她那么多。出来玩儿带个老人,两边都很尴尬。她渐渐觉得大家都对她不敬,大家说什么故意递眼色,她插不上话,心里非常失落,旅游还没结束,就气鼓鼓地让妹妹带着她回来了。后来我妹妹出去玩儿，她十有八九都反对。这次见她实在要去，就赌气说懒得动，自己在家待着。

我赶到妹妹家已经很晚了，当天晚上也没说那么多，洗洗就睡了。第二天我睁开眼，已经快九点了。我听见客厅里有动静，便走过去，看见她正在翻我带的东西。我脸也没洗，就赶紧过去帮忙。

她低着头翻检东西，看见我进来，一脸的尴尬。

"你这都是在市场上捡的货底子吧？"她说。

我笑着说："那可不是！这都是我去香港买的，因为怕不好带，我把包装盒都扔了。"

"嘁！"她拿起一支欧姆龙血压计扔在床上，"在咱们这儿地摊上，十元就买了。"

我耐心地说："妈，你不懂，那是专门给你买的，日本原装的，要一千多元。"

"这也是给我的？"她拿起一打丝光袜，当时比较时兴这个，"这是人穿的？跟葱皮儿似的。"

“这是给妹妹买的。”我打开最大的那个包袱，“这是我给你买的几件衣服，你刚好试试合适不？”

她扭头看了看，不屑地说：“不试。看着就不行。”然后拍了拍自己身上的衣服，“看看你妹给我买的衣服，哪哪都是合身的。布料还厚，穿着沉甸甸的。”

我笑了笑，拿起一件马甲给她披上，说：“衣服可不是料子越厚越好。这个你还是先试试看吧！”

“咦？你啥意思？你是说你妹妹买的东西不好？”她好似遇到蛇一样拨开我拿衣服的手，“不行！我不喜欢这不长不短的东西！”

“这个呢？”我把一件毛料外套往她身上披，“这是法国进口的，牌子货。”

她一把推开我，转身就往她自己房间里面走。

“我不需要你孝顺，我不要你的东西！也不会穿你买的东西！”她说。

我感觉自己体内有一枚炸弹爆炸了，累积了几十年的能量一下子爆发出来。我冲过去，一把抓住她后面的脖领子，想把她拉回来。她一边往前挣，一边拿手往后面推我。但我毕竟比她力气大，强行把她拉回来按在沙发上，低声叫道："我看你试不试！我看你试不试！"一边说，一边就往她身上套那件外套。她拼命挣扎，但是一言不发，咬着牙跟我对峙。但毕竟是那么大岁数的人了，很快她就不反抗了。

我们俩都斜靠在沙发上喘着粗气，愤怒地看着对方。

她忽然现出软弱的神情，几乎用乞求的口气跟我说："今天这事儿，不管到啥时候，不管对谁，都不要说出去。说出去我只有死！好吗？"

我没理她，猛地站起来，走到卫生间用冷水冲了半天脸。我出来看见她很平静地坐在沙发上，冷冷地看着我。她那种眼神我是第一次看到，是一种深入骨髓的厌恶。我不禁一阵发冷。

"你回来就回来，买这些大包小包的东西干什么？就是为了让邻居看见，说你对我孝顺、对我好？”她的眼睛里突然流出了眼泪，这是我第一次见她流泪。父亲死的时候她只是干号几嗓子，并没有落泪，“你太有心眼儿了。你对我好？真对我好吗？”她的眼泪越过脸上的沟沟壑壑，那上面是黑褐色的泥土一样的颜色。在这块土地上，我从来没感受到过温暖，“你这样子做给别人看，还不是为了报复我？你小时候我对你不好，你偏对我好，看我老脸往哪儿搁？你就想这样子让我羞愧死是吧？”

我也冷冷地看着她，一句话都没再说。但是心里突然有一种极大的、恶作剧般的满足，我觉得我平生第一次在她面前占了上风。

第二天我就回了深圳。我和她单独住在同一个屋子里，觉得那三室一厅的屋子还是太小了，压抑得我时时刻刻都想爆炸。

九

关于父亲是被母亲逼死的说法为什么在我们镇子上不胫而走,我到现在也没闹明白。其实我们家也没人真正去追究过原因。一来也没外人在我们跟前说起过,二来母亲对这种说法压根儿没当回事儿,甚至连嗤之以鼻都算不上。二姨倒是跟我说起过,她的说法还有一定的合理性。她说:“人家也不是说你妈逼死了你爸,而是你爸受不了你妈对他的态度,自己投河死了。”

“态度”?我估计这个词二姨不知道在心里斟酌过多少次,但我听了心还是往下一沉。这么多年我们要么是从未想起过,要么是忘记了或者刻意回避,在母亲营造的家庭氛围里,我们的“态度”在哪里?如果父亲真是被“态度”逼死的,那么这“态度”里,有多少是我们的成分?难道这些事情一股脑儿都怪在母亲一个人身上吗？

然而，想了一下我还是说："听说会水的人，投河是淹不死的，所以他们死的话也不会选择去投河。是不是真是我爸去打鱼被河水卷走了呢？"

"真不好说。"二姨轻轻地叹了口气，"那谁说得了呢？到底河跟河不一样啊，人家都说黄河是面善心恶，长江是面恶心善；我没去过长江，黄河每年淹死那么多人，有几个不是会水的？"

我说："我爸跟他们不一样，他懂得黄河的水性。差不多每次下大雨或者发水，都要去黄河打鱼。"

二姨说："常在河边走哪有不湿鞋？我约莫着那是你爸的命。"

在村里人眼里，我父亲是一个非常幽默风趣、知书达理，而且相当有生活情趣的人。打兔子钓鱼，套野猪网鸟，还会讲故事，简直无一不通。更重要的是他的一手好菜，哪怕是一根白萝卜到他手里，都能做得跟别人不一样。毕竟他是大家庭出来的，吃过见过那么多，而且读过很多书，背过汤头歌，懂中草药。

我记得父亲在的时候还是大集体，没有包产到户，我们郊区人还靠种地过日子。有一次在田里干活儿，他到田边的沟里解手，发现了一个兔子窝。于是他又喊了几个人，从窝口开始刨土。然后他把耳朵贴近土地，听了一会儿，拿着铁锹朝地下插去。在他插下去的地方把土刨开，果然锹下有只兔子。父亲没用一滴水，把一只兔子剥得干干净净，然后跑着到周围采集了一些野草野花什么的塞进兔子肚子里，放在火上烤。那个香味儿弄得大伙儿也没心思干活儿了，到处跑着找兔子窝。后来我父亲还为此在生产队的大会上做了检讨。

那时候的生活已经渐渐有了起色，村里谁家有红白喜事总是请我父亲帮忙。我父亲忙活一天，可以得几个馒头、一盆抹桌子菜。我们家的生活虽然好了一点，肉还是吃不起。再说了，这总比父亲游手好闲强得多。母亲尽管厌烦得不得了，开始极力反对，后来到底管不了。父亲倔强起来，母亲也没办法。于是她只好睁一只眼闭一只眼，只当没看见，反正她是从来不会吃一口的。

有一次，母亲回我舅舅家走亲戚去了。刚好我家的一只羊被生产队的拖拉机撞倒了，流了很多血。眼看着奄奄一息快没命了，父亲趁着它死之前，就把羊杀了。其实羊很小，也很瘦。我爸用羊骨头烩了一锅菜，把好点的羊肉都给母亲留着，等着她回来再吃。

饭做好后，全家人正准备吃，我妈从姥姥家回来了。看见我们围着桌子等着吃饭，便问我大姐道："哪里弄的肉这是？"大姐说，我爸把家里的羊给宰了。她并没有告诉母亲，说羊被撞着了。也可能是故意不说，也可能还没来得及说。母亲一听这话，二话不说就折返到厨房拿了一把菜刀出来，要去砍我父亲。父亲赶紧逃到西边屋子里，从里面顶住门。母亲拿着菜刀，一刀一刀剁在门上。她一句也不叫喊，害怕邻居们听见。后来菜刀深深陷在门板上，她实在没力气拔出来，才算作罢。

可等母亲回到堂屋，我们已经把桌子上的菜吃差不多了。母亲气得把桌子一把掀翻了，瘫坐在地上，一左一右地扇自己的脸。

十

刚到深圳的时候,我在建筑公司的工地上当小工。其实小工是最累的,搬砖、和灰、清理建筑垃圾什么的,都是小工的活儿。那种累是说不出来的,也不是劳动强度有多大,而是消磨你的耐力。所以多年之后有人问我那会儿累不累,我真不知道该怎么说,只能说记不得了,也许是真的想不起来。很多时候做梦都还在搬砖,或者和灰。攀上脚手架,一脚踩空,我从上面掉下来了。正奇怪摔这么狠怎么会不疼,恰好就醒过来了,一身都是湿淋淋的汗水。

那天是下班后的休息时间。男的都打牌喝酒去了。天气晴好,蓝天白云。我坐在简易宿舍门口看书。有个穿着休闲装,长得黑黑胖胖的大个子男人领只狗在工地上转。他已经从我跟前走过去了,又转回来,走到我的跟前问:“你是在这里干吗的?”

“哪里？”我疑惑地指了指前面的工地，“这里？”

他认真地看着我，点了点头。

我说：“我是工地上的工人。”

他吃惊地看着我问：“我们工地上有这么小的工人？”

我翻他一眼说：“个子小不少干活儿，我都干一年了。”

我看看他，也不知道他是谁，听他说话口气蛮大的。我低下头继续看书。

“你多大了，闺女？”他没走，停下来站在我跟前。

“十八岁了。”我说。为了到这里打工，我多报了三岁。虽然我瘦了点，但个子不算低。

“你有十八岁？”他准备扭头走了，又拐了回来，也不跟我商量就把我手里的书拿过去。那是一本《高中数学》，他看着快被我翻烂的书页和我在上面记的笔记。

“这上面都是你写的？”他的声音温和得让我难受。长这么大，从来没遇到过有人这么温柔地跟我说话。再加上刚才那么没有礼貌，我有点不快。而且他的河南信阳话让我听起来有点困难，但出于礼貌，我还是认真地点点头。

然后他放下书，一声不吭地走了。

大概过了三四天吧，工头突然通知我让我去公司财务科报到。到了财务科上班以后我才知道，那天跟我说话的是公司老板，怪不得他说话口气那么大。他是怜悯我，他的女儿跟我差不多大小，因为神经衰弱，经常头疼，不能到学校上课，就请老师在家里教她。患个头疼就能请老师在家上学？反正有钱人就是任性。

老板安排我在财务科当了记账员。过去工地上的工友们看见我都阴阳怪气的，不知道我走了谁的门子。连我自己都觉得不可思议，运气来得太意外了。记账员的工作与做小工有天壤之别，相当于建筑公司的白领。在这里，我又打起了上学的主意。我一边工作，一边报考了电大。课程对我来说并不是很难，数学我能考满分。我不明白这么容易的题，有的学生为什么愣是学不会。上电大时，我是最优秀的学生。

老板的女儿叫任小瑜，我们是在我到财务科上班一年后才认识的。那天财务科科长通知我说："下午下班后不要走，老板和老板娘要请你吃饭。"当时我很诧异，我一个毛丫头，人家老板凭啥请我吃饭，而且还带着夫人！

下班之后，科长把我领到职工食堂里面的小餐厅，把我介绍给老板就出去了。我看到老板和一个中年妇女在屋子里坐着喝茶，我站在门口手足无措。老板和那女的见我进来，都站了起来，热情地跟我握手让我坐下。坐下之后，我才弄明白这个妇女是老板娘。她并不像影视剧里的当家夫人，她们一个个耀眼而且霸道，一副高高在上、不食人间烟火的样子。而眼前这个女人看起来面目良善，模样周正耐看，但打扮得非常朴素，甚至还没有我们财务科的年轻员工打扮得入时。平时老板穿衣服也不十分讲究，那一次见他我还以为他是工地的工头之类的人。

正说话间，一个女孩子推门进来了。她穿着一身运动装，理了一头短发，瘦得像根棍儿。皮肤是那种不健康的苍白，嘴唇也没有血色。但人看起来温和恬静，倒是个好孩子的面相。

"爸，"她走到我旁边拉了把椅子，"这就是你跟我说的爱学习的姐姐吧？"

老板摸了摸自己的头，不好意思地咧着大嘴憨厚地笑了。

他们三口热情地述说着，开始因为紧张，我不知道他们在说什么，听了好一会儿才弄清楚是怎么回事儿。原来老板家里有个保姆兼家庭教师，现在人家结婚走了。他想让我接这个角色。

我一口回绝了，我说我还是想上班。

“你看这样好不好？”老板娘讨好似的看着我，“你半天上班，半天陪小瑜学习。至于家务，我另找人。”

“好吧好吧姐姐！”那女孩儿拉着我的胳膊摇晃着，“你这么小就出来打工，还能考上电大，肯定有一肚子故事！我爸爸天天在家夸你。我一个人在家好难挨，我想让你陪着我一起学习！”

“她叫任小瑜，”老板娘怜爱地看着女儿，“从小被娇惯坏了，不懂事，恳请你能带带她。”

老板也看着我，说：“先委屈你试试吧，也不勉强。不行再说。”

我看着一家三口诚恳的样子，勉强答应了。那时候我对富人没有一点好感，也是多年受仇富教育的结果。

任小瑜果然是个好孩子，虽然生在富贵之家，可一点都不娇横，还特别有善心。有一天学习完，我们一起出去散步，在小区外面看见一个孩子面前摆个牌子，上面写着："我饿了，实在走不回家了。请好心人给我十元。"她马上就从口袋里掏出十元给那个孩子。回去的时候我问她："万一是个骗子呢？"

她站下，认真地看着我说："万一不是呢？"

我看着她，看着明亮的天空和宽阔无边的草地，看看远处的高楼和身旁盘根错节的老榕树，看看树上树下快乐的鸟儿在啁啾，我的眼睛润润的。纵使我是铁石心肠，也很难不被这样一个冰清玉洁的女孩儿打动。这一世界的好都属于她。我也已经长大了，明白了很多事理。我不能责怪父母生下了我，但也不能不说，是自己投错了胎。家庭环境对一个人的性情影响太大了！

并非我天生不是个嫉恨人的人，我是被这一家人的善感化了。我在小瑜身上，不，在他们这个家庭也学会了很多东西，那是在我那个家庭根本体会不到的，那种亲人之间的爱和默契，那种充满善意的做事风格，那种为人处世的谦恭，都对我以后的人生产生了极大的影响。在他们家，我对财富、对富人有了全新的认识。穷不一定都好，富也不一定就天然带着恶。

小瑜长得瘦弱，却是一个超级爱吃的家伙，也真是会吃。学习期间，基本上每周她都要带我去几个好吃的地方，从日本料理到墨西哥烤肉，从杭帮菜到川湘菜，从海鲜到笨鸡笨鸭，基本上没重样过。但让她想不到的是，只要吃完她爱吃的菜，回来我都能试着给她做出来。她喜欢吃川菜馆的麻辣小鲍鱼，每个礼拜都要去吃。偌大的一盘红辣椒碎，里面埋着可怜的几只小鲍鱼，一盘菜几百元，差不多是我半个月的工资。我拉着她去鱼市上转，鲜活的小鲍鱼十元一只。我们买了十几只，另外买了葱姜、新鲜的青花椒和小红尖椒。我回家用刷子将鲍鱼洗净，放在开水中烫一下，取出完整的鲍鱼肉，切片。锅里放一点橄榄油，先将鲍鱼片爆一下，加入葱姜、新鲜的红辣椒和青花椒。鲍鱼本身带鲜,不要任何调味品,只需一点生抽和黄酒。做出来之后看着就让人馋涎欲滴,小瑜一口气吃了半盘,老板和老板娘也连称鲜美、好吃。

做菜我这么无师自通,自己也感到很吃惊。虽然我很小就开始做饭,但都是萝卜白菜家常便饭,鸡鱼肉蛋都很少做,像海鲜什么的过去见都没见过。莫非我们家族真有会做菜的基因?

有一年过中秋节,老板要在家里请几个好朋友吃饭。任小瑜提议由我来做菜。她的这个提议立即得到了老板和老板娘的赞同。这就是这家人的风格,倒不是他们认为我能做好,而是觉得不该当着孩子的面驳我的面子。那天我和小瑜亲自跑到市场上买菜,把我们最喜欢吃的菜列了个菜谱,做了十几道菜。那真是我最得意的一次,菜还没上完,就把参加宴请的人的味蕾征服了,都交口称赞,说:“在哪个高级饭店请的专业厨师?”小瑜得意地把我这个半大妮子介绍给大家的时候，几位客人都惊呆了。

这样过了两年,小瑜的成绩上去了,我也拿到了电大会计学专业的本科毕业证,接着我还想考会计师资格证。小瑜也要去加拿大留学了。我完成了任务,也算报答了恩情,准备着离开这个家。临走的那一天吃过晚饭,我正准备回去休息,老板却招呼我留下了,说要给我谈件事儿。

“我们公司的餐厅,是我最头疼的事情。”老板开门见山地给我说,“换了好几任厨师,大家还是不满意。除了中午,实在没办法了,才有一些人在这儿吃饭。公司想接待客人,菜总是不让人满意,弄得很没面子。有些中层干部和员工请朋友吃饭,大家宁愿舍近求远出去,也不在咱们自己餐厅吃。这么大个公司,餐厅都弄不成个样儿,公司补贴很多,还连年亏损。”

我认真地听他说,没有插话。

“我的想法是，让你把这个餐厅管起来。”老板说。

我很吃惊，这可比不得在家里烧几道家常菜。况且我仅仅是一个小小的记账员，没有任何领导经验。但我也不想一口回绝，不就是做饭吗？我思考了一会儿才说：“请您给我几天时间，我考虑考虑再说好吗？”

我长成了一个大姑娘，我有了自己的想法。

我私下里考察了一下，觉得餐厅的问题可以归纳为三个：第一个是主管负责制，会造成主管与厨师之间的矛盾，没有厨师负责制合理；第二个问题，我们公司大部分员工是北方人，而请的厨师都是当地的南方人，菜品和口味方面南北方相差太大；第三个问题是北方人晚上喜欢吃面条或者喝粥，而这些东西南方厨师根本不会做，或者做不好。

送任小瑜去机场的路上，我把我的想法跟老板讲了。我说：“咱们这个餐厅，位置特别好，周围基本上都是市场和公司总部,想吃点好的要跑好远。如果我们做好了,公司的员工吃饭不但可以不花一分钱,餐厅还能挣钱。无非就是把公司临街的地方调整出几间房子给餐厅,需要朝外开个大点的门脸儿。”

然后我说出我的决定:“我不想当这个主管。我想承包这个餐厅,我先试三个月,若是能成,除了我们的员工免费吃饭,我再给公司每月上交五万元利润,算是房租费。”

我说的是五万元,不是五百元也不是五千元。我被自己吓了一跳。对于做餐饮,我骨子里有一股子狂野。

老板还没答话,老板娘就激动地拍了一下车座扶手,说:“这个也算我一份儿。反正小瑜走了,我在家也没事儿!”

老板微笑着点了点头,又摇摇头说:“果真,我没看走眼啊!”

然后他侧过身问我："听小瑜说你爸自己写过菜谱，难不成真给你们留下过秘传绝技？"

我不知什么时候竟然给小瑜说起过我的父亲。但老板此时此地说起他，让某种情绪击中了我。我有点发抖，不知道是激动还是伤感。

我意味深长地回答道："是呀！"

十一

我想说说我的爱情。

有人说穷人不配拥有爱情，毕竟贫贱夫妻百事哀。这是我从父母和我的那些穷亲戚身上看到过的。再美好的初见，也终是会被日子的窘困弄得千疮百孔。在我开始创业的那几年，拒绝过许多真真假假的求爱者。一晃我就过了三十岁，小瑜的妈妈给我介绍过不下十个人，我并不是没看上，是压根儿就没认真看过，心不在此。我一个人在深圳，唯一能待得住的地方就是小瑜家。叔叔阿姨两口子是真心待我好。小瑜一直在国外，每次假期回来我们俩都黏在一起，几乎没分开过。小瑜真是又懂事又孝顺，在国外也时刻惦记着爸爸妈妈，每次打电话都让我多去家里陪他们。我一有空就会去，反正我一个人也没什么事，真是把这里当成自己的家了。每次去都顺便在超市买些菜，亲自下厨做给他们吃。阿姨常常开玩笑说:“丫头,咱们家小瑜要是个男孩儿,我就让她娶你。你和这个家天生有缘分。”

小瑜当然不会娶我,她嫁了个美国老公。她那边欢天喜地,四处晒旅行照。这边爸妈哭得稀里哗啦的。就这么一个女儿,却远嫁到大洋彼岸。当时我也觉得嫁个外国人,心里无论如何都过不去。我打电话问她:“你是不是吃错药了?你那么百依百顺的一个人，怎么在婚姻大事上不听听叔叔阿姨的意见呢？”

“你怎么这么糊涂呢？”她一边嘻嘻笑着,一边特别认真地跟我说话,“一码归一码，孝顺是孝顺,那是我应该做的;可婚姻是我自己的事儿,我不能让任何人替我做主。况且,我父母并没有阻拦我,一直说尊重我自己的选择啊。”

我的心一阵疼痛,想想姐姐和妹妹的婚姻。我对婚姻有一种本能的抗拒和恐惧,之所以一直不找对象,恐怕也和这个有关系。

每当叔叔阿姨心里因想女儿而伤感的时候,我就劝他们说,还不如移民到美国,索性跟着小瑜他们一起生活算了。叔叔说,他的公司离不开,如果他走了,从河南老家拉出来的这几百号人怎么办?况且他一口西餐都咽不下去。阿姨也说,她一句英语都不会,跟个外国女婿生活在一起,她根本无法接受。

那些日子我怕他们伤心,去家里的次数更多了。我去他们家以后一直拿着家里的钥匙,小瑜出国的时候我想还给他们,阿姨还把我说了一通:“你也想走啊,小瑜不要我们了,你也想抛弃我们?”他们完全把我当成自己的女儿了。我出入自由,我交代保姆买什么菜做什么饭,我管制叔叔抽烟喝酒,带阿姨去做护理去上瑜伽课,一副当家做主的样子。不了解的人还以为我是任老板的另一个女儿。阿姨听人这么说,也从来不反驳,反而得意地看着我，一脸的幸福模样。我不得不说，我命好，开始闯世界就遇到这么一家人。并不是每个人都能如我这般幸运。

叔叔总是担心阿姨想女儿会想出病来，就让她每隔一段时间去美国看看小瑜。没跟他们在一起生活的时候，他们这样的人是别样世界的人，和我的家庭相去千里。他们原本也是基层小公务员出身，夫妻俩辞了工作一起闯天下，同甘共苦，相濡以沫，一步一步熬到今天。与他们相处多年，从未见他们发生过大的口角。有时候叔叔因为工作不顺心，回家说话声音高一点，阿姨就连哄带劝地安慰他。阿姨不高兴叔叔喝酒，逢他喝醉也生气，生气也只是嗔怒："你不爱惜自己身体，你老了病了我可不伺候你！"叔叔就笑道："那还不好办？到时候我就找个年轻漂亮的伺候，你可别不乐意。"阿姨说："估计你不敢，你找一个试试？我不说话，你闺女就会收拾好你。"叔叔说："我怎么会怕一个毛丫头？我是怕你不要我，上哪儿再找一个给我亲手擀面条、蒸馒头的女人？”

我觉得他们就像孩子一样，还保留着童心。这样从不斗心眼儿，对所有人都坦诚相待的两口子，怎么能把企业做这么大？可又如何能不把企业做这么大？这对我后来的企业管理也是一个深深的触动。

他们斗嘴的时候若是我在，就假装愤怒地提出抗议：“秀恩爱等我不在的时候秀，别忘了家里还有一个大龄女青年。”我总能在合适的时候逗得他们哈哈大笑，我们合着就该是一家人。

真的！

就是那次，叔叔和阿姨又一起去看小瑜，我奉命在家里看家。家里还养着小瑜的宝贝狗任小白和任小白的女儿小小白。任小白是一只白色的泰迪犬，已经十四岁了，走路都有点蹒跚，得有专人伺候。阿姨不在，我就是狗保姆。

叔叔阿姨刚走不久，家里就来了客人。

我正打扫卫生，听见有人按门铃。我打开门看见一个一脸傻笑的人站在门口。小小白大声地抗议着，不想让生人进门。他却开口便叫："小瑜姐！"

来的人是个毛头小子，长相嘛，乍一看一般般，仔细一看更加一般般。个头倒是不低，怎么着也得有一米八靠上。这么高大的个子，却一脸稚气，戴着两只银圆大小的圆饼眼镜，看起来很搞笑。

我被这个人的傻气逗笑了，我说："你什么眼神，凭我这五大三粗的样子，你哪只眼看着我是你小瑜姐了？"

"那你是谁？"他把头伸进门里寻找。

"我是你小瑜姐的朋友，不行吗？"

我把他让到沙发上，给他倒了水，便上楼给小瑜打了个电话。小瑜那里是半夜，她睡意蒙眬地听我说完，在电话里哈哈大笑，她说："他就是我给你讲过的那个傻呆。"我在这边也哈哈大笑，"傻呆"的故事我听得可不少。我问小瑜:“我该怎么安置他?”小瑜说:“你怎么安置任小白, 就怎么安置他得了! 给他找个睡觉的地方,一天三顿饭管饱。出门脖子上挂个牌,写上咱家地址和你的电话号码,别万一走丢了回不来。”

这人是任小瑜的表弟,阿姨的亲侄子。阿姨姓乔,她侄子叫乔大桥。小瑜给这个表弟取绰号“傻呆”。傻呆也不是十分傻,是他们老家的高考状元,清华大学建筑系学生,今年硕士毕业。假期结束就要去美国读博,已经被美国康奈尔大学风景园林专业录取。小瑜说,她这个表弟除了会学习,情商是个零,一句囫囵话都说不好。谁要是问他长大干什么,他就回答,学习。要是问他有什么爱好,他仍是回答,学习。他在清华读了六年,北京城都没转过来。小瑜曾问他清华大学校园有什么特色。他直接给她发来一张校园的鸟瞰图, 然后再发一大堆评论文章。再问他,他就说学校哪哪有几棵百年老树。再问仍旧说不明白，好像他在清华只待了六天，而不是六年。

“不知道这样一个傻呆，是怎么考上康奈尔大学风景园林专业的。这个专业一直是康奈尔大学的优势，别说在美国，就是在世界范围内都算得上前列了。”小瑜说。

也别说，看看那瓶底儿似的眼镜就知道为什么了。

家里多了一个人，让我很有压力，下了班还得想着给他弄饭。但他在家里待了两天我就放松了。乔大桥比任小白娘儿俩还省心，给啥吃啥。到了饭点，我做饭，他就规规矩矩地坐在餐桌边等着，两手放在膝盖上，等着我端给他吃。菜做好了，若是我忘了放碟子和筷子，他不说话，就坐在那里一直等着。我的天！这真是弄个油饼挂脖子上都不知道转圈吃的主儿。有一次我有个应酬，给他打电话说晚会儿再吃饭。一直到我回来，他就坐在餐桌边傻等着。我赶紧给他做了个蔬菜沙拉，下了一碗水饺。他呼呼啦啦就吃完了。我问他："沙拉好吃吗？"他回答："好吃。"我收拾碗碟时发现，洗的蔬菜全部吃了，旁边小碟子里的沙拉酱动都没动。我哭笑不得，笑话道："傻呆，你吃的是原味蔬菜。"

从那以后我就和小瑜一样称呼他"傻呆"。他随即就答应了，一点抗议的意思都没有。

我比乔大桥大七岁，在他跟前却像个妈。我带着他理发，进理发店时像个流浪汉，出来时就变成了一个少爷。我看他打扮得三不整四不齐的，就领他去买衣服。我挑什么他就穿什么，我是设计师，他就是我的模特。从服装店出来，就像换了个人，精精神神一个帅哥。

我给了傻呆一把钥匙，上班时我告诉他看书累了就出去转转。他也很听话，看一会儿书就到隔壁的市民广场晃悠一圈。那天我回来，他告诉我今天转了十一圈儿，走了三万多步。我说那好吧，今天犒劳你，咱们出去吃吧！他立马站起身，在门口等着我带他出去吃饭。在路上，我给他讲各种菜的味道和特色。他看着我，嗯嗯嗯地答应着。我以为他对这些不感兴趣，便说：

“人活着，不懂吃还有什么意思？”

“是的，可也不一定！”他认真地回答我，这是他第一次敢于反驳我。

“好吧，傻呆，”我像对待小孩子那样拍着他的肩膀，“你倒是给我说说，有什么意思。”

他脸红了，低下头，没有说话。

我的头发是轻烫一下披在肩上的，做饭时以免碍事，就随便弄个什么绾一下。有一天我给傻呆煎牛排忘了弄头发，低头的时候头发挡住了眼睛。我正要用手理一下，头发忽然被身后的一双手拢起来。我知道是傻呆，也没太在意，只是感觉他用个什么东西给我别了一下。吃完饭我去清洗时才发现，头上别着一个水钻的发卡。我最不擅长的就是弄头发,不是披着就是绑着,被他这么拢起来别上一个头饰，一张脸都变得闪闪发光。我跑出去问傻呆:“你这东西哪儿来的?”他一脸诚实地回答:“在商场买的。”

“你自己？去商场了？为什么想起买这个？”

“你的头发总是披着,我觉得拢起来更好看,更显气质。”

“好看？气质？”天哪,这是傻呆在说话吗?

接下来还有更多的意外，他会突然买一本书说:“送给你的。”

“为什么要送我这本书?”简·奥斯丁的《傲慢与偏见》,小瑜推荐给我读过。

“你很像她。”

“谁？”

“伊丽莎白。”

“咦?傻呆啊傻呆,你是说我像伊丽莎白小甜瓜吧？皮糙肉厚是吧？”我说完哈哈大笑。

“有啥好笑的，”他沮丧地看着我，“我是认真的。”

“说你是个傻呆一点都没冤枉你！我哪里有一点‘伊丽莎白’的影子？莫非哪里还有达西等着你老姐我是吧？”

调侃了几句，脸色突然就凝重起来。某种伤感的情绪蔓延开来，我的脸上肯定出现了类似忧伤的神情，也许那一会儿真的像迷茫时的伊丽莎白。

“你会有的。你很好，非常好。”

我看见了他镜片后的眼睛，纯净得像一只羔羊。

我把书还给他，突然无厘头地烦恼起来，把他扔在客厅里，独自走了。我突然翻脸让他不知所措，接下来的几天我都爱搭不理的，我做好饭会命令他自己去端盘子，自己摆碗筷。他吃完了我又凶他，让他自己收拾。他真的去洗，我又劈手夺过来。我被一种前所未有的情绪控制了，一种深藏在心底，连自己都不知道的烦恼和喜悦。

我在黑夜里拧自己的脸，我这是在干什么？我面对的只是一个孩子、一个傻呆。

我给自己冲了个冷水淋浴，在镜子里，我甩甩头发让自己恢复精神。一切又恢复了原状，我恢复成一个大姐、一个小母亲。我忘记说了，傻呆三岁就没了母亲。说是母亲进城购物时走失了，二十年没有消息。有人猜测死了，又有人说被人贩子卖到山窝子里了。失踪两年被法院宣布死亡后，父亲又娶了继母，生了两个妹妹。傻呆是跟着祖母长大的，他读书的费用全是姑姑，也就是小瑜的妈妈出的。

闲暇时间，我又开始带着傻呆四处游走。我们去植物园，他拽一根草茎，三下两下就拧成一枚戒指，捧着递给我。那么大的手，托着一点小小的精致，真是憨态可掬。抬眼看他的脸，一脸孩子气地傻笑。我们去看电影，他一下子变成另一个人，他会告诉我电影的来龙去脉，原著是谁、人物故事的合理和不合理、演员哪一点没表演到位，等等。他熟悉那么多演员，包括国外的，好像都跟他哥们儿似的。莫非他什么都懂得，却装傻充愣欺骗我们？

好在他就要离开了，他要去遥远的美国。我们，或许一辈子都不会再见面了。

果然我没猜错。傻呆真不傻，他去美国后开始对我全方位展示他的霹雳手段，一天一封邮件，狂轰滥炸。我不知道他从哪儿弄到我的邮箱，他并没有问我要过。傻呆的爱情炽烈到足以把我融化。我知道我们之间的差距有多大，年龄、文化以及阶层，每一项都足以让我窒息。所以我一直拒绝，绝望地等待着他苏醒。他开窍了，说不定哪一天就会和小瑜一样宣布婚讯，娶个洋妞也说不准。

这样痛苦地煎熬了三年，我瘦了，瘦得像个麻秆儿一样。瘦了之后也变白了。我不是矫情，我真的忧郁了，是那种来自心底的掩不住的哀伤。他们说我的气质越来越像一个大企业家。的确，我的生意越来越好，我变得越来越高级，离原来的我也越来越远。

这一天终于到来了，傻呆告诉我他提前毕业了。他发来穿着博士服的照片。那一刻我有点迷糊，不是说要五年才能毕业吗，怎么三年就毕业了？也太牛了吧？

照片上，他长大了许多，肩宽了，像一个成熟的男人了。他张开双臂，像个外国人一样对我歪着头笑着，那笑容我是那么熟悉。我多想扑进去，那个怀抱是我日思夜想的。我想爱他，好好爱！

傻呆说："美国有给他工作的机会。"

我回复他："好哇，你有才华，那边的空间可以让你更好地施展。"

傻呆说："我要你也过来，嫁给我。美国的中国餐也有很大的市场。"

我毫不犹豫地告诉他："我不会去的！离开中国，我做出来的仅仅只是食物而已，不管挣多少钱都不会成为我的事业。”我并不明白我为什么这样说，我是爱差不多被我遗忘的家乡吗？我已经走得太远了。

我告诉他：“忘记我吧！找个合适的姑娘成家立业。”

我好久再没收到他的任何消息，我昏睡了两天，觉得一切都过去了。也许根本没来，也不该来。我要求自己把一切都放下，毕竟长痛不如短痛。

一个月后，阿姨打电话让我回家一趟，说有要事。我连忙放下手头的工作赶回家去。进门就看见了笑嘻嘻的傻呆。那一刻，我如遭雷击。阿姨说：“大桥把什么都告诉我了，他要娶你。”

“我？”我也顾不得面前是阿姨，泪流满面，泣不成声。

“好孩子，这几年你一直都心事重重，你该早点告诉我。”

我呆呆地站着，哽咽着说：“阿姨，这不合适。”

“再没这么合适的了，傻孩子！他不娶你娶谁呢？往后啊，该改口叫姑姑了。”阿姨过来拉住我的手说。

我和傻呆第二天就去办理了结婚手续。傻呆把工作签到了深圳的一家设计院。办完手续，我们默默走到办事处对面的公园里。好像一切才刚刚开始，又好像一辈子的话语都已经说完。他说：“你去哪儿我就跟到哪儿，我是你永远割舍不掉的一部分。”

我看看他，把手递给他。这是我们第一次手拉手。他把我揽在怀里，我把头抵在他的胸口说：

“傻呆，我也是。”

傻呆说：“你是我生命中最重要的人。”

我说：“傻呆，你是我的全部。”

说完，我忽然颤抖起来，泪流满面。我拿着他的手放在我泪湿的脸上，轻声说道：“阿呆，阿呆，掐我的脸，我要疼！我不是在做梦吧？”

然后我就伏在他怀里痛痛快快地纵声哭出来。有生以来,我这是第一次这么痛痛快快地哭,那声音盖过了周围的一切。我的眼泪鼻涕濡湿了他的新衬衫,我哭花了自己精心勾描的脸。我把我这些年的眼泪都攒着,就是为了哭给他,一个傻呆,我的阿呆!

在傻呆面前,我彻底地打开了我自己。多年藏在心底的郁结,一层层地揭开,我的家庭、我的母亲,甚至我父亲的死。我说:“阿呆,一直以来我都是赌着一口气过来的。我也不清楚赌什么,反正是放不下。”

傻呆抚着我的后背,深情地说:“没事亲爱的,你会放下的。”

“会吗?”我在黑夜里大睁着眼睛。

不过,我终于相信了这个世界上是有爱情的。我的父母不懂得,我的兄弟姐妹不懂得,但我懂得了。

十二

这次回来，本来我不再想找弟弟说安葬父亲的事儿，我知道说了也是白说，我弟媳妇那一关就过不了，到时候不但拿不到钱，还会惹一肚子气。但母亲既然已经给他打了电话，说这钱要他们拿，我不见就是我没走到，到时候两边都会怪罪我。

这次母亲对父亲的事儿这么上心，我和妹妹猜了很多次，都猜不出来她的心思。是不是跟她这两次生病有关？也许她觉得自己也快走到生命尽头了，见面时要对父亲有所交代？

但母亲并不是那样的人，她一生都不肯示弱。

到弟弟那里去我还要了却一桩心愿，我想去看看他们那里办事处的派出所所长，我曾经托人家办过兄弟媳妇的一桩事儿，办完之后一直没有时间感谢。

弟弟算是弟媳家的入赘女婿。我们姐弟几个的婚姻,除了我还算顺当,其他几个的事儿扯起来都有点长。当年弟媳的父亲在我们村子边上开了一家超市,弟媳也跟着父母过来读书,刚好跟我弟弟是一个班。弟媳长得虽然不太漂亮,但被娇养的孩子不一样,气质独特,且能歌善舞,自幼学得一手好琵琶。弟弟一门心思迷上了她,可是人家根本没把我弟弟放在眼里,她喜欢的是我们这个城中村村主任的儿子。高中一毕业,两个人就大操大办结了婚。

那时候城市化刚刚开始,村里大拆大建,政府和开发商都要征地,所以村主任是个肥差,恐怕也借机敛了不少钱。村主任的儿子买了一辆大路虎,天天跟开辆坦克似的到处显摆。有次他拉着父母去朋友家喝酒,回来的时候被前面的一辆破手扶拖拉机挡住了路,路虎发挥不了威力,怎么按喇叭,前面始终不让开路。那天他们都喝了不少酒,情绪极度亢奋,再加上有点生气,他大着舌头问父亲:"老大,今天让您破费点小钱吧？”他父亲眼睛都没睁开，大大咧咧地说：“小子，你看着办吧！”他一脚油门轰到底朝拖拉机冲去。想着他这么好的车，对付一个破手扶拖拉机根本不是事儿。没承想拖拉机被撞飞了，车斗里拉的几十根钢筋借着惯力冲出来，有几根从路虎的挡风玻璃上直插进来，他们父子两个被穿个透心凉，当场就死了。

那时候我未来的弟媳刚刚生了一个儿子，正是在家里颐指气使、作威作福的时候。可是这突如其来的打击，让这个家顷刻之间支离破碎。婆婆虽然伤得不重，但精神却差不多崩溃了，家里什么事儿也管不了，家里亲戚过来连偷带拿，弄得一个家乌烟瘴气。弟媳本来贪图人家的家业，可房本上没一处写的是她的名字。更难以接受的打击来了，婆婆失去了丈夫，失去了儿子，她再不能失去孙子。开始霸着孙子不让儿媳妇碰，后来干脆抱着孩子藏起来不见面了。

弟媳被这突如其来的变故弄得晕头转向,天天脸不洗头不梳,病得要死不能活,父母只好把她接回娘家。恰好那会子我们村子拆迁,把他们的超市也给拆了。她父母又带着她回了老家开封。

我弟弟觉得这是天赐良机,一而再再而三地追到人家家里,捧着大金戒指求婚,非要给人家当上门女婿不可。对这送上门来的好事,人家还能说什么呢?兄弟媳妇收拾得花枝招展地应下了这门婚事,二话不说就去办了结婚手续。老两口儿生有一儿一女,儿子结婚后另过了。跟前就这么一个闺女,父母高兴得不得了,直喊我弟弟活菩萨。他们觉得是我弟弟救了他家闺女,救了他们一家子人。

这事儿把我母亲气得半死,但是没用。说来也怪了,母亲对我们几个姊妹从来都是斩钉截铁,不允许还嘴,就是对自己的儿子,从来没敢说过一句硬话。但这次我母亲开始还是拼命阻拦了,要死要活的。我弟弟说:“我就是要娶这个人,你要是敢逼我，我立马去投黄河，让你们家断子绝孙！”

母亲吓得脸色都变了，她知道我弟弟不会泅水。

母亲的重男轻女是摆在桌面上的。自从我们家有了弟弟之后，她就再也没有把我们姊妹几个看在眼里，全世界就只有她的儿子。好吃的好穿的都是他的。但弟弟是扶不上墙的烂泥，虽然也不干什么坏事儿，就是混吃混喝，没囊气，更没什么志气。有一次，我二姐说：“他就是我父亲的翻版。”这话被我母亲听到了，一巴掌扇到二姐脸上，五个指印几天都没下去。她死都不愿意承认自己的儿子像他爹，更不会允许自家人这样说。

弟媳他们那个镇子离开封中心城区很近，现在已经成了市经济开发区。说来也怪，不管我弟弟做事如何荒唐，自打和弟媳结了婚，突然就上路了。夫妻俩在镇上开了一家饭店，开始是我弟弟亲自掌勺，硬是把饭店一铲子一铲子炒出名气来了。后来他培养了几个徒弟，又招了大厨，生意慢慢做大了。开封是座古都城，古迹颇多，来看古城的人尽管不火爆，可也常年络绎不绝。几年下来，临街盘了几间门面房，接连生了两个闺女，一高兴后面又买了几亩地盖了个小院，日子过得相当滋润。

我母亲一直没认这个儿媳妇，这也是她这么多年不愿意回河南的一个原因。我妹妹有时候逗她说："你不认媳妇总不会孙女也不认吧？"我母亲说："我这一辈子就厌烦闺女。"我母亲就是这样，她后半辈子都是吃闺女的、住闺女的，但是要让她心里认可闺女可真是不容易。

去年弟媳妇的娘家侄子想去当兵。但这孩子在当地名声太坏，品行差，打架斗殴是家常便饭，是派出所的"常客"，所以派出所死活不给盖章。弟媳不知道怎么打听到我跟派出所所长的老婆是小学同学，关系很好。其实，过去许多年并不来往，只是近几年我成了家乡的名人，她来深圳旅游找我，是我接待的。她很是感激，关系就热络起来了。

弟媳便让弟弟给我打电话。我拒绝了，说这事儿不好管，让人家为难的事儿我开不了口。我弟媳自个儿给我打了电话，还没张口就先哇哇大哭。说她娘八十多岁了，就这么一个孙子，不把他安置好，老娘会死不瞑目。对于这个半路冒出来的弟媳妇，我不知道该怎么拒绝，也知道如果拒绝了她，我弟弟面临着怎样的处境。于是万般无奈，就给派出所所长的老婆打了电话。派出所所长的老婆倒是干脆利索，她在电话里说："这不是个事儿，你谁都不要找了，这事儿你妹子我说了算！咱们办事处就是走一个兵，也是你这亲戚的！"

果真人家把这事儿利利索索给办了。

那天去看他们，因为带的东西多，我让大姐夫开车跟我一起去。现在郑州和开封已经实现了一体化，道路非常好走，我们早早就到了他们家。弟弟已经明显发福了，头发也谢顶得厉害，那个中年油腻的样子猛一看真像我父亲。但认真打量，跟我父亲还是相差甚远。我父亲骨子里有一种尊贵，那是别人触碰不得的，虽然历经岁月的消磨，但依然坚硬；而我的弟弟则缺少这种东西，他是一味地软。我母亲不承认儿子像父亲，我倒是觉得他不配像父亲。

我弟媳则打扮得光鲜靓丽，乍看起来比我弟弟小好几岁。其实她比我弟弟还大两岁。弟媳一副志得意满的样子，一见面没有寒暄几句，就高门大嗓地说着他们现在的一切，刚刚从云南买回来的红木家具啦，在云南茶山上定制的老树普洱茶啦，刚刚去日本旅游买回来的衣服啦。反正绕过来绕过去，就是闭口不提父亲墓地的事儿。

在我脑海里闪回的，还是我们过去的家庭。我想起父亲和母亲，心头难免有一阵心酸。看着我油腻不堪的弟弟，禁不住总是想到在昏黄的电灯灯光下说书的父亲。

说了一阵子话之后，我给派出所所长的老婆打了电话，说中午我请他们吃饭。人家也挺给面子的，我放下电话不久，两口子就过来了。中午喝得很是高兴，两口子也很会办事，所长夫人给我带了礼物，场面弄得热热闹闹，给足了面子。弟弟弟媳也很高兴，我弟弟亲自掌勺，上的都是店里的高端拿手菜。我们几个轮番敬酒，大家尽兴而归。

吃完饭，我送走客人，去了趟洗手间。从洗手间出来，发现人都回后面院子里去了，只有大姐夫站在门口等我。我正要出去，却被服务员拦住了，说让我到款台结账。我愣了一下，笑着说："你弄错了，我是你们老板的姐姐，今天是你们老板请客。"服务员也笑着说："老板娘刚才专门交代了，说是你请来的客人，这账她让你结。"见我愣了一下，服务员说："我听老板娘说，你是深圳回来的大富翁，这点小钱算什么啊？你不知道老板娘的脾气？这两千九百二十元如果你不拿出来，得从我的工资里扣。"

我笑了笑，赶紧从包里抽出三千元给她，说："多出来的算是小费，我们深圳都兴这个。”服务员立时脸笑得开了花一样，说：“姐可真有气质，和我们老板娘比起来，你是牡丹，她也就是朵西兰花。”说完自己先捂着嘴笑歪了脸。

出了门，我看见大姐夫已经坐在车里了，知道他为刚才的事儿不高兴。我拉开车门，把他喊下来，小声说：“哥，算了，这种事儿一介意，反而显得我们小气，让咱弟弟也下不来台。”

他长叹了口气，跟着我回到后面院子里，坐下来喝了一阵子他们的古树普洱茶，又和弟弟弟媳说了半天话。弟弟说：“姐，你轻易不回河南，走时想带点啥？我给你买去。”弟媳妇不等我谦让就抢着说：“深圳什么没有？人家咋会稀罕咱这些不入流的东西？”我弟弟闷了一会儿，站起来又坐下，终还是起身去院子里翻出一袋子晒干的草叶子，说：“这是我们秋天在黄河滩挖的蒲公英，沙地里长的，连着根拔出来晒干的。这个熬水喝，消炎效果非常好。咱妈爱嗓子发炎，不用吃药，拿这煮水喝一天就好了。”弟媳妇也赶忙说：“对对对，蒲公英可是个好东西，特别是黄河滩里的，纯野生，听说还有降三高的作用呢！”

关于父亲的墓地问题，他们一字没提。我更不想再提起。

车子走到半道，我弟弟突然发来一条微信：“三姐，我挺想咱妈的，她要是愿意回来住一阵子，我去郑州陪她。”

我回复道：“好的！”想想过于程式化，便把感叹号删了，在后面加了一个愉快的笑脸。

我离开的那一天，大姐夫送我。二姐和二姐夫后来也赶了过来。在机场托运完行李，到了安检口跟他和二姐、二姐夫告别的时候，大姐夫递给我一个用旧了的小化妆包，他说是大姐让交给我的。我随手放在手提包里。在飞机的头等舱安置好之后，我带有几分好奇地打开那个小包，里面一层一层地用餐巾纸包裹着一卷硬硬的东西。一共包了五层，打开之后，一个红皮笔记本的塑料封面里，夹着一个自制的小本子。那种纸质相当低劣，但剪裁得很整齐，顶头用白线极精细地缝合在一起。白线已经泛黄了，被手指摸过的地方也形成了灰黑色的霉斑。仔细辨认，缝起来的地方还露着“兽医站处方笺”的暗红色字迹。

那一刻，我几乎魂飞魄散。平静了好一会儿，哆嗦着掀开小本子，扉页上写着：《关于做菜的几种方法》，居然还用了书名号。一页页地翻下去，一共二十几页，每页一道菜，详细地记述了选材和制作方法。

这就是我们探寻了几十年的秘密，我父亲的菜谱。钢笔字，漂亮的楷体，线条流畅优美，刚柔并济。

你可以想象我搂着那个本子，那种激动，那种癫狂，那种伤感，那种得意，简直是无法用语言描述出来的。我静静地等待着飞机倾斜着身子升到两千米、五千米、八千米、一万米的高空，它的爬高过程也是我的心情爬高的过程。等飞机平稳了，我镇定地站起来，把自己关进头等舱的卫生间里，哭了笑，笑了又哭，纸巾用了一大堆，脸上的妆容被冲得乱花残蕊。我索性用清水洗了个彻底。假面消失了，镜子里几乎是一张让我自己陌生的脸。我打量着这张脸，想起傻呆常常说的一句话：你不化妆的样子才是最好看的。真的是这样，说不上是清水出芙蓉，但确实很好看。我对着镜子，给了自己一个开心的笑脸。

十三

回到深圳，我给母亲看了父亲的墓地购买合同。只是预付了定金，手续繁复得比买楼盘都不差，真正拿到墓地还得排队等到一年之后。这也就意味着父亲在入土之前，至少还得流浪一次。有人说现在的人生不起、活不起，也死不起，我算是信了。

母亲还没出院。她自己不愿意，说是要做完全部检查再说，反正现在国家给报销。我笑了，我说："国家不报销难道还不给你看病是吧？"

"那可说不定！"她总是喜欢犟。关于购买墓地大家兑钱的事儿，她一句都不提。

我和医生商量了一下，医院保留住院手续，白天观察，人晚上回家住，第二天早晨再来。医生同意了。母亲也挺高兴，在这里住几天，虽然住的是单间，可满楼道人闹哄哄的，医生护士一会儿一趟，她根本睡不安生。病号饭有盐没味的，估计受了不少委屈。在她下床我妹妹给她穿鞋的时候，她提出想吃老家菜，说人一生病，就特别想念老家的味道。

我笑着说道：“你和小妹天天在家不都是吃老家菜嘛！”

她说：“那不一样。”

我朝妹妹挤挤眼，依然笑着说：“不行你换个口味儿，去尝尝我们的餐厅好不好？”

她也不答话，径直朝门外走去。

我开车带着她们跑了半天才找到一家好点的河南馆子，点了几个河南特色的菜品。有红烧鲤鱼、老豆腐蘸酱、炸八块，尤其还有她喜欢吃的扒羊肉。开始上菜，她吃得很高兴。我妹妹看她情绪不错，就特意多给她夹菜。后来等扒羊肉上来了，她把筷子放下，站起来趴在上面一边看一边拿鼻子吸溜吸溜闻着，然后摇摇头，“噗”的一声坐下了，脸色也阴沉起来。她用手指着盘子里的羊肉说：“这菜不是这个做法嘛！肋条肉要用肥肉，这瘦不拉叽的羊做不好。葱段也得用油炸黄，不能炒成这样黑不溜秋的！”

我和妹妹惊呆了，从小到大，这是她第一次说到菜，而且是我父亲最拿手的一道菜。我和妹妹相互看了几眼，谁都不知道该说什么。后来还是妹妹说：“这是在深圳，能吃到这样做的羊肉已经不错了，就凑合着吃点吧，回家让我们姐儿俩亲自给你做。”

她要了一碗疙瘩汤，桌上的菜一口也没再动。吃完饭回家的时候，我们一路无话。最近一段时间，我觉得母亲的情绪确实很反常。

妹妹陪母亲住楼下，我和老公、女儿住楼上。寒假还没有结束，老公带女儿去普吉岛玩去了，屋子被保姆收拾得纤尘不染。回家这几天，快把我累散架了。我把浴缸的水放满，想躺在里面舒舒服服泡个澡。

在我昏昏欲睡的时候，听到母亲和妹妹在下面说话。楼上楼下的浴室在同一个位置。母亲说："……要说你们姊妹兄弟几个，嫁的娶的就你三姐夫最好。人有学问，又懂得跟人亲。我们娘儿俩在人家家一待这么多年，一个不喜欢的脸色都没有。"

"你不是说，住的是你自己闺女的房吗？"我听见我妹妹哧哧地笑。

"别再胡说，再怎么说人家是一家人！女婿脸难看，我能吃得下饭？再说了，你房子弄好几年了，要不是你姐夫不让搬，说住一起热闹，我们娘儿俩……唉，我能不知道好歹？大桥这孩子，待人亲。"

"而且是真亲，我姐夫是不是真有点傻，跟谁都像没出五服一样，傻亲傻亲的？"我妹妹又哧哧地笑起来。

我母亲叹了一口气说："我不是不想让你再找，是怕你找不到好人。你能遇着一个你三姐夫这样的，我死也瞑目了。”

我的眼睛湿润了，真上岁数了，最近变得越来越爱哭。我们姊妹四个，只有我一个人的婚姻是自己做的主。我母亲见到大桥后一直客客气气，不夸赞也不批评，从来没有态度。现在她这样评价大桥，其实也是对其他几个女儿的道歉。她实在太强势了。

母女二人沉默了一会儿。

后来我听到母亲说：“……你爸啊，本事不大，气性不小。”母亲像是自言自语，也像是在对妹妹说。

父亲死的时候我妹妹还小，对父亲一点印象都没有。平时我和姐姐说起父亲，她也很少插话。

“妈，我爸已经去世几十年了。”我听见水花呼啦呼啦响，估计是在给我妈搓背。母亲这些年一步也离不开妹妹，妹妹也真是会伺候人，“妈，你快快活活过好自己的晚年，什么都别想了。”

“唉——”母亲长长地叹了口气，“要是能放下就好了！”

我不忍心再听下去，起来把窗户关严实，也没心情泡澡了。浑身又疼，人又困，躺在床上却怎么都睡不着。父亲死时的情景老是在眼前晃来晃去。父亲的死像一个死结，纠缠了我们几十年，莫非母亲想把它解开吗？突然想起来，在我回郑州给父亲买墓地之前，她曾经给我和妹妹两个说过这样的话：“不入土就不算安葬。你爸死几十年了没安葬，他不闹腾才怪！”这话是什么意思？到底是谁？怎么闹腾了？父亲肯定不会闹腾她，只有她自己闹腾自己，心里过不去这道坎儿罢了。

可是这道坎儿我也不敢往深处想，真不敢再想下去。

过得去吗？

过不去吗？

一股无以言表的杂乱而又清晰的疼痛浸透了

身体的每一处。我们只有一个父亲，可是他已经死去了；而活着的，也是我们姐弟五个唯一的母亲啊！

母亲，我是恨着她的。可我恨了多少年就爱了多少年；恨有多深，爱就有多深。倏忽之间，她已经八十六岁了。我在黑暗中大睁着眼睛，任泪水濡湿枕头。我清晰地意识到，她离死亡越来越近了，这是我心底最恐惧的，要多恐惧有多恐惧。

我心里某些冷硬的东西在松动，好像沉积了几十年的冻土层在慢慢融化。尽管我不去想，可那些过往的日子突然雪片般地向我飞来，一层一层地落在我心底，令我百感交集。

下午在医院看妹妹给母亲穿鞋的时候，我突然想起一件事。我在郑州的老房子收拾东西的时候，看见母亲乱七八糟的衣服里面，还裹着一只纳好的鞋底子，只有那一只。当时我就猜想，另外一只是丢了，还是根本没纳出来？那只鞋底子很大，显然是父亲的。如果是父亲去世前纳的，为什么母亲还要一直保留着呢?

那只鞋底子虽然做工不是很精致,但明显看出来,母亲还是下了很大功夫的。鞋底子纳得厚厚实实,针脚密密麻麻。它像有生命似的与我对望。一瞬间,我被感动得热泪盈眶。我想起二姨说过,家里再穷,我母亲也保证父亲出门必须穿戴得齐齐整整、干干净净,能有模有样地站在人前。这母亲一针一线纳出来的鞋底子,曾经寄托过她多大的希望啊!

我拿起那只鞋底子,把它紧紧贴在脸上很久很久,感受着它的坚硬和温暖,然后把它放进我包里。我想,等父亲入土的时候,我一定要把它跟父亲放在一起。

郑州的小房子我在售房网上挂出去了。可我没告诉任何人,在东区最好的地段北龙湖西岸,买了一套带院子的洋房,两层带地下室,加在一起有四百多平方米。我母亲要是想回郑州就让她回来住，她稀罕土地，深圳的楼顶上搁满了盆盆罐罐，里面种满了荆芥、玉米菜、薄荷、小茴香，都是她让我妹在网上买的家乡的菜种。一个带院子的房子会是我母亲晚年最美好的期盼吧，可以让她任意栽花种菜。这里距开封也只有半个小时的车程，孩子们谁想陪她住谁就过来，反正房子足够大。

我待在郑州的这一段时间，抽空转了市区的各个地方。西区改造成了一个标准的绿城，拥挤却充满秩序。而庞大的郑东新区，高楼大厦之间，有着阔大的开放式公园，处处草木葳蕤，生机勃勃。郑州，也许克隆了别的城市，但她长得像谁又如何呢？无论像谁，她毕竟是她自己，她有自己的核心文化，她有自己的发展逻辑。过去那个老郑州是回不来了，但是一个崭新的郑州依然是郑州。人在变，城市也在变。我父亲死去几十年了，不也一样在改变？

我的家乡，一切皆好，一切都会变得越来越好。当我们想着她好、想着让她好的时候，她怎么能不好呢？

我父亲将回到黄河岸边的邙山，他可以俯瞰河流的两岸。他老人家在另外一个世界，也一定改换了容颜，体态从容，坦然以对。

我估算了一下，这座眼下已经拥有一千万人口的特大城市，按照国家中心城市的规划，还有两千万人的增长空间。虽然这座城市处处都是豫菜，但不具规模，没有完备的标准，也不成体系。这里的粤菜馆子也有几家，但做得不伦不类，更是不具规模。我要回到郑州来，我想研究开发豫菜体系。我还想把地道的粤菜搬回来，甚至想搞一个菜系融合工程。我设想用餐饮撬动一个有着巨大的潜力的市场。这样的设想，母亲还会觉得做餐饮拿不出手吗？

我的父亲叫曹曾光，他生于黄河，死于黄河，最后也将葬于黄河岸边。他再也不是我们家的耻辱，我要完成的正是我父亲未竟的梦想。